耀眼的你，也能看見我嗎？

烏瞳貓——著

耀眼的你，也能看見我嗎？

目錄

序章

「送給每個追星女孩，即使不被理解，

也始終無怨無悔地，守護著心中那顆最閃耀的星。」

向天心按下輸入鍵，訊息欄位上立刻湧入數百則訊息，沒有一一點開。她緩緩闔上筆電，邁開步伐移動至床邊，床頭櫃上的手機螢幕亮起，她失神地望著手機背景那張好看的笑臉發呆。

現在這個時間，他在做什麼呢？

滑開訊息欄，欄位旁的訊息顯示依舊空空如也。

一起經歷了這麼多，他不會這麼快就把她給忘了吧。

但是就算忘了那又如何呢？

畢竟從一開始，他們之間的角色就很明確了。是她貪心，對他有了不該有的情感。

躺在床上，向天心愣愣地望著天花板發呆。

夢醒了，一切都該回歸現實。可是她心裡明白，如今的她早已不是過去的向天心了。

耳畔傳來 SOLO 前陣子推出的主打歌，那是向天心的手機鈴聲。

胡亂伸手在床頭櫃上游移了一陣，有氣無力地將手機舉至眼前，來電人姓名卻讓向天心委屈的情緒揚至最高點，可憐兮兮地滑開接聽滑軌，她語帶哽咽地應了一聲：「喂。」

「喂，向天心！妳現在就給我去開電腦！」來電人高昂的情緒，讓原本就高亢的嗓音一時間又尖銳了幾分。

「為什麼要開電腦？我才剛發完一篇文章，現在準備要睡覺了。」向天心不想照做，翻個身側躺著，將手機平貼在右耳上，開始摳起指甲上的分岔。

「妳錄取了！」女聲幾乎是用炸的從手機的擴音孔裡噴發，震得向天心一陣頭昏眼花。

但是此刻她也管不了那麼多了，猛地坐起身對著電話一頭吼道：「再說一次。」

「我說妳錄取了！妳真的錄取了！啊——」

不敢相信自己的耳朵，她奮力地扯了扯因為激動而掀起一半的上衣，緊緊揪住兩側的鬢角，向天心幾乎是用哭腔對著電話另一頭的女人喊道。

「鄭芮允我不是在做夢吧！如果我現在拉著自己的鬢角會痛，應該就不是在做夢吧……」

手機另一頭的鄭芮允卻早向天心一步大聲哭了起來，「妳沒有在做夢……嗚嗚……妳真的沒有在做夢……」捧著手機，二十四歲的向天心和鄭芮允在那晚哭得像兩個走失的幼稚園兒童。

不知道的人可能會以為她們失去了全世界，可她們自己很清楚，當晚那些眼淚藏了多少年的心酸和喜悅。

耀眼的你，
也能看見我嗎？

第一章　他很耀眼

「啊啊啊向天心看這邊！」

「姊姊好漂亮！我真的超喜歡妳們的！」

「向天心可以請妳握握我的手嗎！我是今天一早特別從南部趕過來的，就為了見妳一面！」

「不好意思請稍微往旁邊靠一點，不好意思！」穿著一身黑的工作人員，擋在向天心和紅龍外圍隨時準備闖入會場的人群中間。

「車子來了，這邊請。」工作人員奮力拉開黑色廂型車的車門，示意向天心等人盡速上車。

「向天心、余美娜我愛妳！」

「崔雪好正！LUNA forever！」

「程若青當我老婆好不好！」

「王子琳拜託回頭看我一眼！啊——王子琳腿好長！妳好正我真的好愛妳——好、愛、妳、啊——」

即使匆促地關上車門，依舊可以聽到源源不絕的尖叫與吶喊，不斷從車窗的縫隙灌入。

「美娜，把窗戶關起來。」程若青是她們之中年紀最長的，也是練習生生涯最長的大姊大。

「為什麼要關？妳沒聽到大家都在喊我們的名字嗎？」余美娜不肯，她樂於享受眾人的喝采，更喜歡聽見粉絲用幾乎快要暈厥的表情，扯著喉嚨誇讚自己。

「美娜別鬧，妳看都是因為妳，有人開始追車了，這樣很危險欸。」王子琳一聲令下，余美娜也只能癟著嘴委屈巴巴地把車窗拉上。

誰叫王子琳天生長了一張撲克臉，即使語氣平淡，用那張臉說出來的話還是很有說服力。就連平時任性妄為的余美娜在見到她的時候，都會自動切換成恭敬模式。

「智洋哥我肚子餓了。」將視線從身後一大票粉絲身上移開後，余美娜轉而向駕駛座的經紀人進攻，「我想吃大腸麵線配珍珠奶茶。」

「明天要拍雜誌封面，妳吃這些很容易腫的。」坐在副駕駛座的崔雪一邊玩手機，一邊心不在焉地回應道。

「咕，我又不是妳，吃不胖好嗎？」余美娜噘著小嘴不滿地回應。

「余美娜我看妳是又欠人揍了是吧。」崔雪舉起白皙的手臂往余美娜的方向揮，因為和後座間隔了一段距離，接連幾次都揮空，逗得後座的余美娜和王子琳紛紛笑出了聲。

整輛車上，就只有向天心始終不發一語地坐著，愣愣望著車窗外，無視周圍隊友們的嘻笑。

他現在在做什麼呢？

接連路過幾間平日裡常去的快餐店、咖啡廳，向天心的腦袋飛速地運轉著。

現在於她周遭發生的一切，都已經偏離現實太遠了，所謂的「偏離現實太遠」既不是譬喻，也不是誇飾，對向天心而言是真真切切的「偏離現實」。

關於坐在保母車裡，車內有一群外表亮麗、身材姣好的隊友，車外有一群高舉著自己名字名牌瘋狂吶喊的粉絲，這一切……確實都跟她原本的生活相去太遠。

幾個月前，向天心不過是個極其普通的大學生，每天煩惱著晚餐該買哪間飲料店的手搖杯；天地課中間的空堂，該跟同學去哪間ＫＴＶ唱歌；網購周邊時該如何用最快的速度，搶贏其他飢餓如狼的追星族。

可是現在的她卻剛從全國最大的娛樂公司大樓裡走出，隔天還有數不清的行程等著她完成，那間窄小、貼滿海報的租屋處，也成了她短時間內無法回去的地方，因為她現在和車內的少女們共同住在公司提供的寬敞宿舍中。

提到她的租屋處，向天心是真的不打算輕易捨棄的。

那裡頭可是有她花了上萬塊打工費好不容易收集到的珍貴周邊，為了省錢買周邊而囤購的幾箱泡麵，還有她用來追星的單眼相機、電繪板、筆記型電腦……

短短幾個月前，她每天唯一的樂趣也不過就是窩在那張窄小的單人床上，和她的萬年死黨鄭芮允沉浸於選秀舞臺上帥氣迷人的偶像男團而已。

向天心發誓，自己既沒有成為偶像的想法，更不想捨棄十年如一日的追星日常……

卻因為一場莫名其妙的直播，讓一切都變得一發不可收拾了……

「妳有看今天的表演了嗎？真的好帥啊！」鄭芮允趴在向天心那張散發著濃濃泡麵味的床單上，仰起頭來又補了一句：「妳昨天是不是又在床上吃維力炸醬麵？」

向天心露出一個訝異的表情：「這麼厲害？連品項都猜得出來？」

「唉，髒死了。床單拿去洗一洗啦，妳這樣我以後都不敢上妳的床了。」鄭芮允不滿地隨手拿起一個靠墊枕在胸前，繼續專注地看著手機螢幕上的影片。

「欸，那個是我等了三個多月好不容易空運買到的周邊，才不是給妳這樣靠的！」向天心不滿地將鄭芮允壓在身下的熊熊抱枕抽起，讓對方手一滑，手機整個摔至床下。

「喂，向天心妳真的很沒水準欸！」

「妳才沒水準啦！一天到晚到我家騙吃騙喝。」

「什麼叫騙吃騙喝！前天的牛肉麵跟貢丸湯是我買的！都還沒跟妳收錢呢。」撿回手機後，鄭芮允重新調整了姿勢，移動到向天心身旁的位置。

「妳今天給誰投票了？」看著螢幕上顯示的投票頁面，鄭芮允好奇地靠在向天心肩上問。

「江俊辰。」就連提到名字，向天心的嘴角都會不自覺上揚。

「又是他？他到底哪裡好了，論長相不如Jimmy，論舞臺魅力也不如秦皓宣，妳卻這麼喜歡他。」

「他很可愛啊！笑的時候嘴巴會翹成愛心的形狀，還有他的聲音很特別、唱歌很好聽，所以就是喜——歡——」最後的「喜歡」兩個字，向天心拉得特別長，就是不容許有人搞不懂她的偶像魅力在哪。

「喔——」鄭芮允回應得很敷衍。

但是向天心並不介意，興奮地將手機舉到鄭芮允面前，劈里啪啦地接著說：「而且妳知道嗎！我前天發現江俊辰跟我一樣都是一九九九年九月十九日出生的欸！我開心到整晚睡不著！妳說是不是很巧？我們根本是天生一對吧！」

「喔——」無視向天心笑得像個花痴一樣的驚悚模樣，鄭芮允只是淡定翻了個白眼，冷冷地問：「那之前迷的韓團歐爸呢？現在不喜歡了？」

「沒有啊，我是一個博愛的粉絲，一旦愛過就會愛一輩子。」向天心朝著鄭芮允遞了一個深遠的眼神：「只是我現在的目光，暫時無法從江俊辰身上移開……因為——他真的太、可、愛、了！」

在向天心爆出尖叫的前一秒，鄭芮允早已先一步摀住耳朵，同為追星女孩，她非常可以理解提到自己喜歡的偶像時，那種心潮澎湃的感覺。

和向天心的父母不同，鄭芮允一點也不覺得向天心一年三百六十五天，幾乎有三百天的時間不是窩在窄小的租屋處裡追星，就是跟隨偶像的腳步全國四處走透透有什麼好奇怪的，畢竟向天心追隨過的偶像是真的各個都有讓人迷得神魂顛倒的魅力。

再說了，他們給了向天心夢想。

「偶像是個很偉大的職業，因為他們可以帶給別人夢想！」向天心總是這樣抬頭挺胸地告訴鄭芮允。
「確定不是遐想嗎？」鄭芮允會習慣性地潑她冷水。
「呸呸呸，請不要這樣褻瀆我對江俊辰的愛。」
「好喔，那如果隔天就要期末考了，我們卻還在這裡等直播，算不算褻瀆教授的愛。」
「不算不算。」搓著手掌喜孜孜地打開電腦螢幕，向天心轉頭對著鄭芮允眨了眨眼：「教授恨不得把我們兩個都當掉呢，這是恨，不是愛。」
鄭芮允無話可說。
直播的頁面出現倒數計時的字樣，再三分鐘就要開始了，趁著這個空檔，鄭芮允不死心，又巴著向天心問道。
「喂，那妳有沒有想過如果今天妳的偶像爆出緋聞對象，妳會怎麼辦？」
「嗯，」向天心偏著頭思索了一陣：「爆哭、爆吃、失眠三天三夜、肉搜那個搶走歐爸的女人！」
「那如果妳就是那個緋聞對象怎麼辦？」
「嗯……如果是這樣的話……那我希望大家可以好好祝福我們。」
「雙標仔。」
在她們一來一往的談笑間，直播頁面緩緩亮了起來。
「開始了開始了。」向天心激動地不斷搖晃著和自己共擠一張椅子的鄭芮允。

「別晃了，我頭暈！」鄭芮允沒好氣地撥開向天心的手。

亮起的螢幕上，一年多前出道的五人男團 SOLO 出現於畫面中。

「大家好，我們是 SOLO。」

「哈哈，我是隊長白宇。」

「我是 SOLO 的主舞秦皓宣。」

「唷~這裡是 SOLO 唯一指定 Rapper Jimmy aka 妳的靈魂伴侶。」

「哈哈哈什麼鬼啦。呃……大家好，我是主唱江俊辰，哈囉。」螢幕中的江俊辰靦腆一笑，露出嘴角邊可愛的小梨渦，惹得向天心激動地摀著嘴放聲尖叫。

「啊——江俊辰真的好帥好可愛啊！」向天心像個瘋子似的，對著螢幕裡的男孩又是吶喊又是踢腿的，惹得身旁的鄭芮允無奈之下，只能默默再去搬一張椅子來。

「小聲一點，妳隔壁又不是沒有住人，是想被檢舉嗎？」雖然說是這樣說，但鄭芮允在直播期間，其實也和向天心沒什麼兩樣，時不時就會因為偶像的一句話、一個表情，激動地坐在椅子上笑著跺腳。

就這樣度過了近兩個小時心癢難耐的直播，鄭芮允在直播結束後，更是直接以時間太晚、末班車已過為由，厚著臉皮在向天心的租屋處住了下來。

對此，向天心倒是見怪不怪。

「下個月就要去參加 SOLO 出道兩週年粉絲見面會了，妳會緊張嗎？」兩個人擠在一張單人床上，就連翻個身都很困難，鄭芮允只能雙眼直視著天花板愣愣地問道。

「緊張跟期待各半吧。我最近這幾天就連做夢都會夢到江俊辰。」向天心說著，忍不住又像個瘋子似地笑了起來。

鄭芮允無奈地翻了個白眼，沒好氣地說：「請妳不要這麼像個變態可以嗎？我都替江俊辰感到害怕了。」

沒有理會鄭芮允的抱怨，向天心一個翻身壓在對方的手臂上，在好友痛得發出一聲慘叫的同時，焦躁地問道：「欸欸，江俊辰說他喜歡短頭髮的女生，妳覺得我下週就去把頭髮剪了怎麼樣？仔細想想我這輩子都還沒有留過短髮。」

「是嗎？那如果江俊辰說他喜歡男生，妳是不是就要去變性？」鄭芮允維持一貫的毒舌，畢竟有時候她確實覺得向天心太誇張了點。

也沒等向天心反駁，鄭芮允翻個身面朝好友的方向躺著，語帶笑意地說：「欸，說到下個月的見面會，我已經決定好這次見面，一定要把這陣子熬夜做的卡片親手交給秦皓宣了。」

「是喔，可是妳的本命為什麼會是秦皓宣啊？他是主舞欸？妳之前追韓團的時候，喜歡的不是都是 Rapper 嗎？」向天心不解。

「又沒有說只喜歡Rapper，姊喜歡的是反差萌，妳懂嗎？讓人捉摸不透的那種反轉魅力。」

「不懂，就跟妳不懂我為什麼那麼喜歡江俊辰一樣。」向天心嘟著嘴不滿地回應。

「我是真的搞不懂，江俊辰到底有哪裡好，可以讓妳迷成這樣。聽說妳上禮拜還偷偷跑去綺星娛樂蹲點，就為了偷看他。」鄭芮允偏著頭，露出一臉鄙夷的表情。

「對啊，可惜沒有看到，聽說他本人看起來比電視上還要更可愛、更帥，胸部以下全是腿，妳能想像嗎？」

就像是在談論隔壁班的帥氣學長一樣，即使是遙不可及的偶像，對於追星女孩來說，他們是幾乎每天都見得到的熟面孔，甚至比一個學期見不上幾次面的同班同學都還要叫人感到熟悉。

「所以，妳到底為什麼那麼喜歡江俊辰？」鄭芮允不死心。

「嗯……」翻個身，向天心再次轉回面朝天花板的方向，望著天花板上年久失修的斑駁坑洞，沒忍住嘴角上揚。

「他是我截至目前為止，見過最可愛的人，不只長得帥、比例好、唱歌也超好聽，而且還很善良。」說著，向天心沒忍住發出花痴的笑聲：「我也很喜歡他的聲音，還有在節目上的反應跟招牌動作、說話時自帶的淺淺鼻音，跟偏著頭的小習慣。因為很可愛，所以不管重複看多少次都不會膩。」

只要一談到江俊辰，向天心的眼角便會滴出蜜來。

鄭芮允不解：「是嗎？怎麼聽起來感覺有點無趣，如果一個人長得可愛、行為可愛、說話也可愛，一點反差都沒有……不就一點驚喜感也不剩了嗎？」

對此向天心不以為然，即使興趣愛好同樣是追星，但每個人喜歡的類型本來就不會完全一樣。鄭芮允喜歡不按牌理出牌，讓人猜不透的反轉魅力，可她偏偏就偏愛長相可愛，舉止也可愛的。

向天心喜歡江俊辰無時無刻臉上都掛著一抹大大的微笑，喜歡他總是對著粉絲說很多關心與鼓勵的話。心情不好的時候只要點開江俊辰的影片，向天心低落的情緒就能瞬間明朗起來。

不過，向天心心知肚明，會喜歡上江俊辰也許早在那檔選秀節目以前，就已經埋下了種子。

故事的開端，始於她和鄭芮允雙雙考上某間知名大學的數位多媒體系。雖說成績平平，但從小學開始，向天心就沒少站上頒獎臺，舉凡校園內的素描比賽、全國繪畫比賽、四格漫畫大賽，就算不是次次都能拔得頭籌，但只要參加往往都能拿個佳作、入圍。

「向天心妳真的不去S大讀設計嗎？以妳的繪畫天分，我感覺應該很容易就可以上榜了。」學測成績放榜，鄭芮允甩著成績單，一臉不解地望著向天心。

「S大的設計系欸，哪有那麼簡單！再說我對設計商品、包裝還有服飾好像都沒什麼興趣，我比較喜歡素描跟畫漫畫，之後也想學一點攝影。」單手托著腮，2B鉛筆在載滿全國各科院校的簡介上游移：「找到了！數媒系！我目前最想去的科系。」

「喔！」一知半解地接過簡介：「雖然不知道具體在幹麼，但看起來很好玩。」鄭芮允一臉興奮地附和。

「而且我研究過了這間學校的攝影課是必修，這樣我們就能名正言順地買單眼追星了！」

「哇賽妳這奸詐的傢伙！我喜歡！」

那時候SOLO還未出道，讓向天心和鄭芮允深深著迷的是各個長了逆天大長腿的韓團偶像們。原本兩人還相約寒暑假努力打工存錢衝韓國，沒想到戶頭裡的存款都還沒開始累積，向天心大學一年級時就因為大意弄丟了和攝影器材店租借的單眼相機，必須賠償店家三萬五千元的營業損失。

「看來今年暑假，我是不可能跟妳一起去首爾看演唱會了。」一邊欲哭無淚地靠在鄭芮允肩上抱怨，向天心一邊瘋狂往求職網站上丟履歷。

最終為了還債，除了每天早上到學校附近的早餐店打工外，向天心還額外找了一份麵包店的兼職，而那間麵包店就那麼碰巧位在綺星娛樂的大樓不遠處。

那時為了節省餐費，向天心時常餓著肚子上班，只能眼睜睜看著店裡琳瑯滿目的麵包，自己卻連一塊最便宜的肉鬆麵包都下不了手。只能等到店面打烊，老闆讓她把賣剩的麵包處理掉時，她才能狼吞虎嚥地吃下那些總是賣剩的奶油餐包。

她依稀記得那個下著滂沱大雨的傍晚，店門口的人行道幾乎淹成一條小溪，甚至不斷有雨水滲進店裡來。在這樣艱鉅狀態下，平時總是人滿為患的麵包店第一次一個客人也沒有。

一路從下午六點在結帳櫃檯站到晚上八點，直到店門口的風鈴發出清脆的響聲，伴隨著兩個男孩的嬉笑，向天心第一次見到了他——當時還是練習生的江俊辰。

「天啊今天雨真的好大。」其中一個染了紅色頭髮的男孩走進店裡後，無奈地甩了甩手上的雨水，轉頭對著身後的同伴這樣說道。

雖然穿著輕便的休閒服，但是從兩人的身形還有外貌，向天心一眼就看出他們應該不是普通人。精緻的五官還有高䠷的身材，若不是藝人應該就是廣告模特兒。

事實也確實不出向天心所料，從兩人的談話間，向天心得知他們都是綺星娛樂的練習生。

「李玉祥，你要吃巧克力甜甜圈嗎？」說話的男孩頂著一頭常人難以駕馭的藍黑色中分髮型，對著一旁的紅髮男孩說。
「不要，我不想吃甜的，你給白宇哥買一個吧。」
「白宇哥不能吃。」
「為什麼？」
「昨天管理部的姊姊說白宇哥最近要管理身材。」
「喔，原來，好吧。那你不要拿那麼多，不然到時候又要被罵了。」
「好，知道了。」

兩人在店裡繞了幾圈，最後只選了一個肉鬆麵包，和兩個塗滿巧克力醬的小熊造型甜甜圈，那是他們店裡的招牌。

結帳時，向天心緊張得一刻也不敢把頭抬起來看向兩人，始終將目光控制在兩人頸部以下的位子：「這樣一共是一百八十元。」

只是誰也沒有預料到，在紅髮男孩低頭掏錢的沉默片刻，向天心的肚子竟無預警地響了起來，聲音大到就連店門外滂沱的雨聲都難以掩蓋的地步。

尷尬得雙眼一閉，向天心緊咬雙脣，恨不得立刻挖一個地洞徹底將自己埋進去悶死算了。當她接過紅髮男孩遞來的兩百元紙鈔時，更是清楚看見掛在那張俊朗臉龐上的笑意。

「找你二十元。」強忍著尷尬，向天心低著頭有些顫抖地說。

接過零錢，紅髮男孩禮貌地對著向天心欠了欠身，強忍著笑意說了句淺淺的謝謝。

幹！有夠丟臉。

在他們轉身離去的那一刻，向天心幾乎是當場直接蹲坐在地，整張臉糾結在一起，崩潰地扯著自己的鬢角，嘴裡還不斷念念有詞地罵道：「向天心，妳真的可以再丟臉一點！」

因為深深陷進自我厭惡的情緒中無法自拔，以至於向天心並沒有注意到其中一個男孩走到店門口不久又原路折返了回來。

「那個……不好意思。」

被這突如其來的叫喚嚇了一跳，激動地從收銀臺後方站起身來，向天心的頭還不小心往桌角磕了好大一下。

「啊！」摀著紅腫的額頭，接上那雙清澈明媚的眼睛，向天心第一次體會到何謂尷尬得生不如死。短短幾分鐘內丟了兩次臉，而且還是在同一個人面前，偏偏這個人還是個帥得無法無天的天菜。

「妳還好嗎？抱歉嚇到妳了。」男孩露出一臉擔心的表情，語帶歉意地說。

他的聲音很特別，不是那種特別低沉的男聲，帶著淺淺鼻音的聲線透著一抹淡淡的溫柔。

「還……還好……不好意思。」向天心感覺自己的頭幾乎快要低到地板上了，「請……請問還有什麼需要幫忙的嗎？」

「嗯……」男孩頓了頓，伸手從提袋中掏出一個剛剛包裝好的巧克力熊甜甜圈，輕輕放到桌面上，「這個我買了兩個……一個給妳吃。」

「啊？」沒有想到男孩會做出這樣的舉動，向天心訝異地抬起頭來，目光又一次接上那雙清澈的雙眸。

「工作辛苦了！今天也要加油喔！」

男孩臉上漾起一抹極致燦爛的笑，那一刻，向天心注意到在他的嘴角邊有兩個深深陷入的可愛梨渦。即使店外颳著狂風暴雨，可在那個瞬間向天心卻感覺自己彷彿沐浴在一片和煦的陽光之下，左邊胸口滲入一股難以言喻的暖意，且久久都沒有退去。

「謝……謝謝。」望著男孩轉身離去的背影，向天心愣愣地說。

從那一刻起，她便無時無刻都在期待著，那個有著可愛梨渦的男孩可以再次推門走進店裡來。只是沒有等到他的再次來訪，向天心便率先在那檔選秀節目中看見了他的身影。

那個掛著耀眼笑容，充滿正能量的大男孩站在舞臺上閃閃發光的樣子，與那天將甜甜圈遞到她面前的男孩一樣，擁有著強大而撫慰人心的力量。每當他對著鏡頭溫柔地勾起嘴角，露出那抹極致明媚的笑，向天心耳畔便會響起那道溫柔、帶著淺淺鼻音的嗓音。

雖然僅僅一面之緣，但是每當遭逢什麼不順心的事時，向天心就會想起他的笑容，還有那天他對著自己說的那句：「辛苦了！」

即使隨著時間的推移，江俊辰也漸漸從一個可以隨意走進一間普通麵包店購買甜甜圈的練習生，成長為收穫萬千粉絲的男團偶像，向天心卻絲毫感受不出他有什麼太大的改變。對她而言，不管是練習生時期的江俊辰，還是成名之後的江俊辰，他身上始終都帶著一股澄澈透明的感覺。

因為江俊辰的單純直率，向天心每次在收看節目時，都能早一步猜出他會做出的反應、說出的話，也正是因為這樣——想念他，似乎就變成一件容易的事。

即使在日常生活中，舉凡到便利商店時，看到江俊辰最喜歡的小熊軟糖，又或不小心將重要的東西遺落在公車上，向天心的腦海裡都會浮現出江俊辰在電腦螢幕上露出的可愛表情，原本煩躁的情緒便會一掃而空。

她喜歡這樣偷偷想念著江俊辰，經過他平時愛喝的飲料店，停下腳步點一杯對方最喜歡的百香果綠茶，就這樣偷偷體會著他的生活，偷偷在夜晚的直播對著電腦螢幕笑得像個花痴；偷偷在他的發文下方留下一句淡淡的「加油」；偷偷替他教訓那些無端在網路上謾罵他的人，就只是這樣偷偷喜歡著他，就讓向天心感覺自己平淡的每一天，都變得有趣起來。

SOLO是電視選秀出來的男團，雖然才出道不滿兩年，但加上選秀那段時間，向天心已經這樣默默崇拜著江俊辰超過兩年的時間。

每次父母來到她的租屋處，看到一箱又一箱的泡麵，還有整面牆上的簽名海報，向媽媽和向爸爸就會露出一臉不滿的表情。

「送妳來唸書不是讓妳這樣搞的！追星就只會花錢，還能有什麼偉大的貢獻，不就是把錢通通送給別人而已嗎？」媽媽說的這些話，向天心都已經會背了。

接下來，身為國小數學老師的爸爸會用力蹙起兩道濃密的眉，一臉失望地對著她說：「妳都已經大四了，是該好好思考一下未來的就業方向，就像妳媽說的，別再沉迷於這些沒有意義的東西。每天過得這麼糜爛，一點也沒有準畢業生該有的樣子。」

「我是真的有在想。」

每次和鄭芮允抱怨的時候，向天心都會這樣拍著胸脯，大聲地說：「身為我的多年好友，妳應該看得出來我的努力吧！」

「是啊，我看得出來，妳是一個將滿二十三歲的追星宅女，吃泡麵吃到快變成木乃伊的那種。」

關於就業與夢想的談話最終往往沒有結論，和鄭芮允在一起的時候，向天心還是覺得討論偶像最開心。

眼看引頸期盼的見面會終於來臨，也不管畢業在即，向天心熬了好幾個晚上做了一隻灰色的布偶熊，準備在見面會上親手交給江俊辰。

「哇！妳那個到底是熊還是豬啊？看來有藝術天分的人也不見得手巧。」見到成品時，鄭芮允沒忍住吐槽。

「喂！這可是我流血流汗做出來的，妳看這些傷口都是我努力的證明。」驕傲地將貼滿ＯＫ繃的手指舉到鄭芮允面前，向天心振振有詞地說。

「好，好，我只是害怕妳的偶像沒看出這是一隻熊，還以為妳做了一隻豬來羞辱他。」將額前的瀏海用電捲棒燙出一圈漂亮的弧度，鄭芮允像是忽然想起什麼似地轉頭看向向天心：「話說為了要見江俊辰，妳不是說好了要去剪短髮嗎？」

望著鏡子裡的自己，向天心滿意地撥了撥垂墜於肩上的波浪長髮，皺起鼻子嗲著聲音說道：「ㄎㄎㄎ，這妳就有所不知了，江俊辰上禮拜直播的時候說他最近在看《愛的迫降》，覺得孫藝珍在劇中的波浪捲造型很好看！」

說著，向天心雙手托腮，眨著一雙畫了美麗眼妝的眼睛，在鏡子前高高抬起下巴，左右搖擺了一下，語氣堅定地對著鄭芮允說：「不過老實說，妳覺不覺得我有幾個角度看起來還滿像孫藝珍的啊，嘶——再仔細看一看，左臉好像還有點像ＩＵ？」

鄭芮允無語，默默放下手中的電棒捲露出一臉鄙視的神情：「是要看多仔細？妳知道嗎，妳現在的行為就叫東施效顰。」

「欸，妳這個人怎麼老是這麼失禮呢。」向天心嘸著嘴不滿地瞪了鄭芮允一眼：「我小學的時候開始學跳舞，因為跳得太好了，舞蹈班的老師還問我媽要不要讓我去當練習生呢！哼，還有……還有國小的音樂課，我可是全班第一個被音樂老師挑選進合唱團的人！」

「好喔！妳會畫圖、會唱歌又會跳舞，結果妳現在還是一事無成地跟我一起坐在這裡。」

對話終了，鄭芮允又一次占了上風。

雖然與向天心同為數媒系的學生，可向天心倒是覺得憑藉著鄭芮允的口才，不去念法律系或新聞系實在可惜，因為她完全就是個可以靠著三寸不爛之舌度過餘生的女人。

不過，雖說兩人時常為了追逐偶像的腳步怠慢課業，大學四年所學還是對向天心和鄭芮允的追星日常多少提供了點幫助。

身為資深追星族，向天心和鄭芮允同樣都有經營社群帳號，向天心擅長電腦繪圖，時常在社群平臺上分享有關 SOLO 的自製漫畫，以及動圖；而鄭芮允同樣也靠著精湛的修圖和剪輯技術，在網路上開設粉絲帳號經營得有聲有色。

「妳看我昨天替江俊辰畫的四格漫畫，有二十八個人按讚喔！」前往見面會的公車上，向天心喜孜孜地將手機舉至鄭芮允眼前。

瞇起眼睛裝模作樣地看了一眼頁面上的追蹤人數，鄭芮允緩緩掏出口袋裡的手機舉到向天心面前：「那妳知不知道我的粉專追蹤人數是妳的三倍，已經快要滿一千人了！」

「什麼！這怎麼可能呢？」向天心不願接受現實，她每天窩在宿舍裡沒日沒夜地畫圖，甚至比鄭芮允還要更早開始經營社群，這樣的結果，她實在無法接受。

「嗯哼，就是這樣。」驕傲地收起手機，鄭芮允朝著向天心眨了眨眼睛：「畢竟我很會修圖、很會拍照還很會調色，而妳只會畫畫，而且根本看不出來妳畫的是誰，就跟妳手上那隻要送給江俊辰的豬一樣。」

「就跟妳說這個是熊了！」向天心不滿地朝著鄭芮允大吼，惹得公車上的乘客頻頻向兩人投來疑惑的目光。

「丟臉。」鄭芮允別過頭去裝作不認識向天心的同時，還不忘冷冷丟下一句。

好不容易來到見面會的會場，本以為比活動時間提前兩個小時到場已經算很早了，沒想到現場早就擠滿了人。

「太扯了吧！這裡目測有沒有上千人啊？」緊緊拉著向天心的手，鄭芮允的語氣裡滿是驚恐。

雖然現場有工作人員負責控管人數，但因為場地在室外，所以在空地搭建的中型舞臺旁早已圍滿人潮，加上這是 SOLO 出道以來第一次舉辦的大型見面會，依照現場的爆滿程度來看，向天心感覺應該有許多不守規矩闖入會場的粉絲。

儘管現場工作人員很多，但是主辦單位興許也沒預料到，出道不過兩年的男團竟會有如此強大的魅力。

「不會吧，如果我們站得這麼遠的話，江俊辰不就看不到我們了嗎？」向天心欲哭無淚地說：「早知道凌晨就該來排隊搶位置的。」

「我們可是有花錢搶票的人！主辦單位至少會讓我們上臺跟團員們握個手吧？」鄭芮允也有些不確定了，畢竟現場湧動的人潮真的只能用「混亂不堪」四個字來形容。

兩個小時的時間在炎炎夏日中更顯漫長，將衛生紙鋪在額頭和瀏海間的空隙，鄭芮允用手做扇子往臉上不斷搧風：「我覺得再不趕快開始的話，我真的要融化了，煩欸，妝都花了啦。」

現場甚至還有不少粉絲因為天氣太熱而中暑昏倒，紊亂嘈雜的環境堪比戰場，直逼三十二度的高溫，更是讓向天心只能靠著猛灌冰水消退暑氣，期間還不斷緊握雙手朝著一臉虛脫的鄭芮允喊話：「鄭芮允，再撐一下就好了！什麼大風大浪我們都忍過來了，妳現在腦子裡面只要想著再二十分鐘！只要再二十分鐘！就可以見到妳朝思暮想的秦皓宣就好！」

終於在無盡漫長的等待中，一名穿著短袖襯衫的年輕男主持人緩緩走上舞臺，朝氣蓬勃地舉起麥克風對著臺下喊話：「各位粉絲們，不好意思讓大家久等了，大家期待已久的人氣男團 SOLO 的粉絲見面會馬上就要開始，我們帥氣的成員們也已經在後臺準備以最好的模樣，來和各位現場最親愛的 SWEETIE 們見面，現在就請在場的所有 SWEETIE 拿出妳們最大的熱情，大聲告訴我！妳們最喜歡、最崇拜的男團叫什麼名字！」

當主持人將麥克風指向臺下的瞬間，臺下的粉絲們紛紛爆出激動的喊聲，向天心和鄭芮允也跟著扯開喉嚨，跟著在場的眾人齊聲朝著舞臺的方向吶喊道：「SOLO SOLO 給我愛！不只可愛還很帥！」

在一片歡呼聲中，SOLO 的成員終於接連站上了舞臺，在看到江俊辰的第一眼，向天心感覺眼淚都快要掉出來了。江俊辰今天穿了一套深藍色條紋襯衫，配上一件寬鬆的黑色西裝長褲，寬厚的肩膀與一雙修長的腿在服裝的加成下更顯不凡，頭頂上頂著一頂若沒有顏值絕對難以駕馭的藍色千鳥紋貝雷帽，才剛踏上舞臺，便妥妥詮釋了何謂撕開漫畫走出來的男人，向天心甚至覺得現在站在臺上的根本不是人，而是從希臘神話裡憑空降臨的男神！

向天心拱起手朝著江俊辰瘋了似地嘶吼道：「江俊辰好可愛！我愛你！真的超級超級愛你——」

就連平時老愛罵向天心浮誇的鄭芮允，在親眼目睹偶像站上舞臺的那一刻，也沒忍住失控而高高舉起精心準備的應援手幅，對著臺上的秦皓宣瘋狂喊道：「秦皓宣啊——姊姊在這裡！我會一直一直喜歡你！」

也許是現場的粉絲太過熱情，SOLO的成員都還沒開口說話，主持人又一次舉著麥克風對著臺下的粉絲們喊話：「好！現在SOLO四位優秀的成員都已經就定位了，也請現場的SWEETIE們稍微冷靜一下，我們現在就請這四位閃閃發亮的偶像來一一介紹一下自己。」

「大家好，我是SOLO的隊長白宇，很開心今天可以看到很多SWEETIE來到現場，嗯……我愛你們！」白宇說話的同時，臺下的尖叫一刻也沒停過，尤其是在那句「我愛你們」脫口而出後。

「唷～大家好，我是SOLO的Rapper Jimmy aka 妳的理想型，在座的妳們huh～都是我的理想型。」麥克風交到Jimmy手上，帥氣的表情搭配自帶律動的自我介紹，臺下自然又是一陣瘋狂吶喊。

站在Jimmy隔壁的秦皓宣尷尬地笑了笑，接過Jimmy手上的麥克風，無奈地對著臺下的粉絲抱怨：「他到底為什麼每次都要這樣啊？」無情的吐槽，逗得臺下的粉絲們又是一陣哄堂。

待臺下的眾人稍微冷靜後，秦皓宣才緩緩舉起麥克風開始說：「大家好，我是最近很努力想要變可愛的主舞秦皓宣，唷～」介紹完，自己也沒忍住尷尬地低下頭來。

「等一下！等一下！我要先打斷一下，剛剛秦皓宣說自己最近想要變可愛，請問臺下的 SWEETIE 們，妳們的偶像平時還不夠可愛嗎？」

主持人一句話都還沒問完，臺下再度開始躁動。

「誰說的！」

「秦皓宣超可愛！」

「沒錯！秦皓宣是 SOLO 裡面最可愛的！」鄭芮允也拱起手，嘶啞地朝著舞臺的方向大吼。

「你看看，臺下愛你的 SWEETIE 們都說你已經夠可愛了，我說你好歹也給別人留一條活路行嗎？又帥又可愛還會跳舞，叫我們這些路人甲乙丙丁怎麼活啊？」

主持人打趣地說著，惹得臺上的秦皓宣著急地擺手否認：「沒有沒有沒有有有！」一連說了三個沒有後，才緩緩將麥克風遞給一旁的江俊辰：「接下來這位才是我們全團最可愛的，我最近在努力向他學習。」

遞給秦皓宣一個嫌棄的眼神，江俊辰接下麥克風燦爛地笑了一下：「大家好，我是最近很努力想要變帥氣的主唱江俊辰，呃……拜託大家不要再說我可愛了，我也想要跟其他人一樣被說帥的……」

「天啊！好可愛！」江俊辰話才剛說完，向天心便激動地摀住嘴巴在臺下不斷跺腳，「怎麼辦要融化了！」

當然，臺下不只她一個人做出如此激烈的反應。畢竟江俊辰從小就是童星，當初在選秀節目中，還是以第一名的超高人氣率先確定出道的成員，屬於自帶偶像光環，非常有觀眾緣的類型。

「我真的從來沒有看過像江俊辰這樣整張臉都是心型的人。」剛開始迷上江俊辰的時候，向天心時常這樣對著鄭芮允說：「妳看江俊辰的中分髮型配上一張標準的心型臉，再來就是他笑起來的時候，顴骨跟下巴會勾成一個漂亮的愛心，然後就是他的嘴巴，薄薄的嘴唇笑起來的時候會翹成可愛的愛心形狀，一張臉加總起來共三顆愛心！還有嘴角邊的小梨渦跟可愛的虎牙，天啊，此人只應天上有，叫人怎麼不愛他！」

「聽妳這樣說好像真的是這樣欸，而且他笑起來的樣子是真的很好看。」就連平時對江俊辰沒什麼興趣的鄭芮允，都大方承認江俊辰確實一生下來就是當偶像的料。

「但我還是比較喜歡跩跩的酷哥。」只是最後往往會再補上一句，以示和向天心眼光迥異，不需要再繼續推坑自己。

不過兩個好朋友喜歡不同類型的藝人倒也不是多大的壞事，向天心甚至覺得有時候反而有助於友誼的維持。就像現在這樣，鄭芮允的目光始終追隨著秦皓宣，而她則是死心塌地地仰望著江俊辰。

見面會的進程很快，成員們簡單介紹過自己後，就是連續三首出道曲目的表演，在臺下一陣沸騰過後，緊接而來就是萬眾矚目的近距離互動時間。

「各位親愛的 SWEETIE 們，因為今天來到會場的人潮實在是太踴躍了，考量到時間因素，我們只能開放一百位幸運的粉絲上臺來跟 SOLO 的成員們互動，請各位準備好本場見面會的票根，後臺工作人員會盡快抽取一百位幸運粉絲來到臺前。沒有被抽到的粉絲也請不要難過，憑藉票根在活動結束後都可以向主辦單位兌換 SOLO 的周邊福袋，絕對不會讓各位空手而歸。」

「足足一百位，要有信心，我們絕對有機會！」緊緊握著手中的票根，向天心語氣堅定地對著身旁的鄭芮允說。

「真的嗎？可是現場的人這麼多，如果我們只有一個人被抽到怎麼辦？」有別於向天心，鄭芮允抱持著悲觀的態度，畢竟她從小就知道自己沒什麼抽獎運。

不過，事實也證明是鄭芮允多慮了，因為一百組號碼全數公開後，並沒有出現她和向天心的號碼。

「嗚……怎麼辦？」向天心急得都快哭出來了：「那我是不是就不能親手把這隻熊交給江俊辰了。」

沒有給予肯定的回覆，鄭芮允在一陣沉默後，突然小聲在向天心耳畔落下一句：「妳低調一點，跟我來。」

「去哪？」還沒來得及搞清楚狀況，向天心就已經被鄭芮允連拖帶拉地帶出會場。

「喂，還沒有結束啊！我還想要再多看江俊辰幾眼，我們也還沒拿周邊福袋，妳怎麼就要走了呢？」

「噓，就叫妳小聲一點了，妳先不要管那麼多，乖乖跟我走就對了！」

因為實在拗不過鄭芮允，向天心也只能認命地跟著她的腳步，往會場的反方向移動。

「妳看！」好不容易轉過了幾條巷子，鄭芮允在一條人煙稀少的巷子口停下腳步，伸手指了指轉角處一臺黑色的廂型車：「停在那裡的……應該就是SOLO的保母車。」

睜著一雙大眼睛，向天心來回望著不遠處的廂型車，以及身旁鬼鬼祟祟的鄭芮允：「妳怎麼會知道？」

莫非和她朝夕相處的好友還有什麼通靈能力不成？正當向天心的腦中跑過無數用膝蓋想也知道不可能的疑問時，鄭芮允又伸出手指，指了指靠在廂型車旁抽菸的男子。

「那個人……我之前在一個網友跟拍SOLO下班的影片時有看到……他是專門負責接送的司機。我剛剛看到工作人員在後臺抽籤的時候，他一個人默默離場，就想著他應該是要來開車……」

「什麼？竟然……」一句話還沒說完，鄭芮允已經早一步將手掌牢牢封住向天心的嘴：「就叫妳小聲一點了，如果被發現的話，妳就別想把小熊玩偶交給江俊辰！」

因為嘴巴被堵住，向天心只能激動地搖頭，強烈表示自己非見到江俊辰不可的決心。

「很好，我欣賞妳的態度。」鄭芮允滿意地放下制裁向天心的手，煞有其事地說：「記住，從現在開始，我們能做的就只有靜靜等待，一點噪音都不可以發出！就連嚥口水的聲音也不行，聽到沒有？這個妳應該很擅長吧！」

比出一個將嘴巴拉鍊拉上的動作，向天心堅定地點了點頭。

只是……

「喂鄭芮允，我們還要維持這個姿勢多久啊……？我的膝蓋好酸喔……」約莫這樣蹲坐了三十分鐘，向天心是真的快受不了了，加上腳邊的花圃上有一群大螞蟻時不時就想往她腳上爬。

鄭芮允站在向天心正前方的位置，身體緊緊貼著轉角邊的石板牆，探出腦袋緊盯著保母車的動向，「噓！等一下！」鄭芮允頭也沒回一下，暴躁地朝著身後的向天心伸出食指，要不是向天心閃得快，那隻做了高級美甲的食指怕是會直接捅進鼻孔。

「他在講電話了，妳安靜一點，感覺 SOLO 應該已經結束見面會，正在走過來的路上。」

「喔喔！好！」聽了鄭芮允的話，向天心頓感心跳加速，溫順地點了點頭，不再作聲。

「他上車了上車了！」又過了一會兒，鄭芮允難掩興奮地回過頭來對著向天心輕聲喊道。

「如果他上車的話，代表 SOLO 應該快到了吧？」

「天啊，好緊張喔。欸向天心我問妳，妳等一下見到江俊辰，要對他說的第一句話是什麼？」

鄭芮允語音方落，向天心才忽然意識到自己還沒有準備好見到江俊辰時要對他發表的感言，微微蹙起眉頭陷入焦躁的苦思。

「什麼？妳不會什麼也沒準備吧？」見到向天心的反應，鄭芮允覺得荒唐。

一陣沉默後，向天心懊惱地甩了甩頭，像是終於得到靈感似的，對著眼前一臉不滿的鄭芮允演示道：「嗨，江俊辰！我是你的粉絲！」邊說，還不忘將藏在身後的布偶熊舉到鄭芮允面前，「聽說你最喜歡的動物是熊，這是我自己縫的小熊布偶。」

「呃……別說我沒告訴妳，妳這樣真的很丟臉。」對於向天心的臨時抱佛腳鄭芮允並不買單，只是翻了個白眼無奈地搖了搖頭。

「齁！妳很奇怪欸，那不然妳要跟秦皓宣說什麼？」

「我會說……」鄭芮允話才剛說到一半，兩人耳畔卻同時響起了引擎發動的聲音。

「欸？那是什麼聲音？我有聽錯嗎？」

也不管自己冒然衝出去會被對方發現，向天心一個箭步繞過鄭芮允，才剛繞過石板牆，眼前的景象卻讓她激動到說不出話來：「啊——啊——」

「啊什麼……妳還愣在那裡幹麼？快追啊！」即使較向天心發現得晚，鄭芮允倒是馬上就反應過來，拉著向天心的手開始在人行道上狂奔。

「喂！SOLO上車了嗎？我剛剛……沒有聽到聲音啊？」向天心一邊狂奔，一邊上氣不接下氣地詢問。

「呼……呼……他開得……開得太快了！」鄭芮允因為平時沒有運動習慣，體力很快便透支，只能任由向天心使勁拖著她前進。

「我們剛剛在那裡蹲到腳都快麻掉了！妳不可以就這樣放棄啊！」向天心一面奔跑，還不忘回頭對著身後的鄭芮允喊話。

怎料一個不留神，向天心的腳被人行道上一塊凸起的石磚絆到，就這樣拉著鄭芮允兩人一併撲倒在堅硬的石磚地面上。

「嘶……」鄭芮允因為跑在向天心身後，所以摔倒時整個人壓在向天心腿上，雙重撞擊讓她痛得眼淚狂飆，「啊……鄭……鄭芮允妳……妳先起來……

嗚我的腳好像流血了。」

傷心地舉起因為擦撞而破皮的手肘，向天心覺得更委屈了，「怎麼辦……保母車已經跑走了……我們的努力全都白費了。」

也不管手中的布偶熊因為摔倒時的撞擊力道，肚皮處磨出了一個大洞，棉花全部都裸露在了外頭，向天心難過地捧著臉哭了起來。

鄭芮允的傷勢並沒有向天心來得嚴重，拍了拍膝蓋沾上的碎石，起身對著向天心說：「喂，妳別哭了，妳的腳在流血，我們先去一趟醫院吧！」

「就這樣連個人影也沒看到！妳就要放棄了嗎？」即使眼角帶著淚花，向天心還是氣噗噗地仰起頭來，倔強地對著鄭芮允喊道。

「我剛剛認真往車子裡面望，發現車子裡……是空的……」鄭芮允越說越小聲：「可能是我一開始就想錯了……也許……對方只是剛好把車停在這裡而已，接到電話是為了要就近接送……畢竟冷靜下來仔細想一下……」

「他們……」鄭芮允心虛地瞥了一眼跪坐在地的向天心，頓了一下才接著吶吶地說：「應該……不會讓藝人走那麼遠的路來搭車……才對……」

「什麼？」向天心的驚呼，再次引來過路人的注目。

她很想再說些什麼，畢竟這次確實是鄭芮允的誤判才害她吃了那麼多苦頭。可是腳上的傷實在太痛，即使生氣，向天心也只能哀怨地撿起那個摔得稀巴爛的布偶熊出氣。

這下不但偶像沒見著，還必須得跑一趟醫院，簡直就是屋漏偏逢連夜雨。興許是多少有點內疚，陪向天心去醫院包紮的路上，鄭芮允全程都沒有說話，只是靜靜地在一旁替她的傷口止血。

好不容易到了醫院，也不知道是不是因為大熱天中暑跌倒的人特別多，診療室外擠滿了人。

經過將近兩個小時的漫長等待，向天心的手腳裹上厚厚的紗布，被護理人員引到了領藥處等候領藥，和鄭芮允並肩坐在最角落的長椅上，向天心心裡醞釀已久的委屈，終究還是沒忍住爆發。

「哼，我不想再當粉絲，也不想再追星了。」她賭氣，嘟著嘴哽咽地對著身旁的鄭芮允說：「單方面的愛太痛苦了！仔細想想，我只不過是江俊辰上萬名粉絲中的其中一個，就連想走到他面前對他說一句『嗨，我是你的粉絲』這麼簡單的事也做不到……然後還摔成這樣……嗚……真的好痛。」

「不當就不當啊，反正有沒有妳對江俊辰而言都無傷大雅，不想當就別當了吧。」鄭芮允說這段話的時候並不帶任何情緒，她心裡確實也是這樣認為的。畢竟向天心自己也說了，她不過就只是江俊辰上萬名粉絲中的其中一個，而這是事實。

「喂！鄭芮允妳知不知道妳有時候真的很討厭！我又不是為了聽妳這樣說

才說這些話的！」向天心噘起嘴，憤怒地瞪了鄭芮允一眼，「妳這個臭直女！」

「可是事實真的就是這樣啊！妳這樣才是無理取鬧吧。」鄭芮允雙手扠腰，不滿地說：「而且妳到底是要別人勸妳，還是安慰妳，妳就直說嘛！幹麼還要讓人在那裡猜啊，煩死了，我又不是妳肚子裡的蛔蟲！」

「嗚……安慰我……」

委屈巴巴地爆出這一句，眼淚開始不斷從向天心的眼角流出：「我的腳真的太痛了！我熬夜縫了一個禮拜的小熊布偶也摔爛了！什麼也沒有的人生裡也就只剩下追星……結果我連追星也追不好，保母車……跑走了……江俊辰他……他……嗚……妳安慰……安慰我嘛……」

艱難地忍住笑意，鄭芮允輕輕拍了拍向天心一抽一抽的肩膀，重新調整回溫柔的語氣：「好好好，不難過不難過，反正下次還有機會嘛，我們往好處想，對不對？江俊辰又不會跑掉，他一直都在那裡啊，這絕對不會是 SOLO 唯一一場見面會啦。」

「嗚……」向天心還是覺得難過，輕輕拽著鄭芮允的衣角，一臉委屈巴巴的表情。

「唉，如果妳真的那麼想被他看見，那就努力去到一個離他最近的地方啊！」也許是看到向天心一臉失魂落魄的模樣，鄭芮允於心不忍，最後這樣對著她說。

方？」

聞言，向天心訝異地抬起頭來，抽抽答答地問了一句：「那是什麼……地

「嗯……」偏著頭思考了一陣，鄭芮允微微輕啟脣瓣：「要嘛……妳就……也成為藝人、或者成為跟他一樣優秀的人，不然就是進入綺星娛樂當工作人員，這些管道提供給妳參考。」

「進入綺星娛樂？當工作人員？」

鄭芮允的話宛若一記當頭棒喝。陷入沉默的向天心，忍不住在心裡暗罵自己的愚蠢。

這麼簡單的事情，她怎麼就一次也沒有想過呢……

如果進入綺星娛樂，名正言順地成為江俊辰的同事，那麼想要見到江俊辰不就變得輕而易舉了嗎？

「天啊！鄭芮允！妳是天才吧！」破涕為笑的向天心興奮地一把抱住身邊的好友，也不管自己現在人還在醫院，又叫又笑，又一次成功引來旁人注目的眼光。

「有了！官網上面寫今年七月開始招募新血，八月公告第一階段錄取者，

九月舉行第二階段聯合面試……開放職位有：執行長特助、影音剪輯、內容企劃、節目編導、製作人助理、攝影助理、成音助理……還有這個，藝人管理部門！這個部門妳覺得怎麼樣？」

自從經歷了那場追車意外後，鄭芮允和向天心無時無刻都在留意綺星娛樂官網上的人才招募資訊。只是畢竟是擁有豪華陣容的超大型企業，在職員篩選上也有諸多條件限制，例如……

「欸，妳看它上面的條件寫，至少要有三年以上相關工作經驗、英語檢定證照是必備的，然後韓語或日語的檢定證照二擇一，我一樣都沒有，應該是沒機會了吧。」

「嗯，看來是沒機會了……」坐在校園旁的咖啡廳，鄭芮允猛吸了一口面前的西瓜牛奶，手指卻始終沒有離開過操作電腦的滑鼠：「哇！很多幾乎都要有相關工作經驗欸，妳大學打了哪些工來著？」

「妳不是都知道嗎？」

「不要跟我說早餐店、麵包店還有布偶裝傳單人員……」鄭芮允睜著一雙小鹿眼，一臉「妳在跟我開玩笑嗎的驚恐表情」。

「對啊，妳明明都知道，幹麼還要問我啊，討厭。」向天心不滿地噘起嘴。

「天啊，小姐，這些寫上去能看嗎？來我姊開的咖啡廳應徵還比較有機會！」

「天心大學畢業後要來姊姊的店裡上班嗎？我的話當然好啊。」鄭芮允的姊姊剛送完隔壁桌的餐點，聽見兩人的談話，開朗地將托盤隨意擱置在桌面上，硬是在鄭芮允身旁的空位坐了下來：「現在就可以開始面試，我剛好缺一個長得漂亮的外場。」

「是在說我嗎？」向天心配合地擺出一個眨眼放電的表情，對著鄭芮允的姊姊發射愛心。

「姊，妳不要鬧啦，她來妳店裡上班，妳只會被她氣死。妳忘記之前她去飲料店打工，結果因為笨手笨腳的，不到三天就被店長開除了嗎？」

「喂！是那間飲料店的品項太多！店長又很沒耐心好嗎！我才剛去三天怎麼可能什麼都會啊！」向天心沒好氣地辯駁：「再說，妳還不是一樣，在便利商店打工因為臉太臭一直被客訴，妳還好意思說我。」

「我那個是……」

「這點妳倒是真的要好好改進一下。」

「喂！妳是我姊欸！妳怎麼每次都站在向天心這邊呢？妳們狼狽為奸！」

無視鄭芮允的抱怨，鄭芮允的姊姊朝著向天心眨了眨眼，燦爛地笑了一下。

鄭芮允的姊姊長兩人五歲，從小到大就是個妥妥的資優生，就連名字聽起來都很霸氣，叫做鄭芮緯。重點是姊姊不只人緣好、腦袋好，人還長得很漂亮。

向天心在高中的時候，因為和同班的鄭芮允成為死黨，認識了在頂大攻讀經濟系的鄭芮緯。甚至在向媽媽的千拜託萬拜託下，鄭芮緯成為了向天心高中三年的數學家教。

大學畢業後鄭芮緯在一間大型金融公司上班，期間也靠著投資攢下一筆小錢，直到一年多前離職，而後自己創業開了這間名為「耀眼如你」的咖啡廳。雖然過程中也經歷不少波折，畢竟很少父母可以接受家裡會念書的孩子，放著體面高薪的工作不做，跑來替人端茶送水。

不過鄭芮允和向天心倒是一直都很清楚，開咖啡廳始終都是鄭芮緯的夢想。

「我姊從小到大都是這樣，她什麼事情都可以做得很好，是我爸媽對她太沒信心了。」

向天心倒覺得擁有多年追星資歷的鄭芮允，最早開始產生追星意識的時期，也許就是出生那一瞬，意識到自己擁有一個比任何人都還要優秀的姊姊開始。

自從「耀眼如你」開張後，鄭芮允便確立了自己未來的志向——擔任「耀眼如你」咖啡廳的副店長。

所以相較於向天心，她並沒有強烈想要進入綺星娛樂的想法，不過卻也是一個妥妥追星成功的例子，只是對象是自己的親姊姊而已。

「畢業典禮就是下禮拜了吧，時間真的過得好快啊。」平日下午，咖啡廳的客人並不多，鄭芮緯便順勢給自己準備了一杯特濃拿鐵，坐在鄭芮允身旁的空位啜飲著。

「我們家小芮允竟然也要大學畢業了呢。」說著，還不忘伸出手摸了摸鄭芮允花了許多時間整理的烏黑長髮。

「姊姊，妳看，妳覺得官網上哪個職位向天心的贏面比較大啊？」

也只有在面對鄭芮緯的時候，鄭芮允會收斂起暴躁的脾氣，從張牙舞爪的大獅子，變成溫順的小貓。

「咦？綺星娛樂，這不是妳們很喜歡的那個男團的公司嗎？」鄭芮緯望著電腦螢幕詫異地喊了出聲：「對了對了！上禮拜還有兩個團員來我們店裡買咖啡呢！這陣子因為太忙了，一直忘了跟妳們分享！」

「什麼！」和向天心同時驚叫出聲，鄭芮允連忙跳出綺星娛樂的官網，打開 SOLO 的粉絲專頁讓鄭芮緯指認：「快說！妳看到的是哪兩個人？」

「嗯？我看一下喔，抱歉對於這種男團、女團我實在有點臉盲。」

瞇起眼睛盯著螢幕看了許久，鄭芮緯還是偏著頭，一副摸不著頭緒的樣子。

心急的向天心也從位子上起身，移動到姊妹倆的身後，焦急地等候鄭芮緯的答案。

「我記得不是金色頭髮的。」鄭芮緯說著遮住畫面中染著一頭萬年金髮的Jimmy。

「但我記得其中一個男生穿著一套全黑休閒服，還戴了鴨舌帽，點了一杯百香果綠茶，因為他的身材比例很好，身高又很高，即使戴著口罩也看得出來是藝人……」

鄭芮緯話都還沒說完，向天心就知道她口中的那個人，正是她心心念念的江俊辰。

「太誇張了啦……我決定接下來的幾個月，每天都要來姊姊的店裡蹲點。」

確認了鄭芮緯所說的確實就是江俊辰和 SOLO 的隊長白宇後，向天心憤憤地丟下這句話：「為什麼大家隨隨便便都可以在路上巧遇偶像，偏偏我就算親自到了粉絲見面會現場，也只能遠遠看著呢！」

「妳就別再抱怨了，認命一點，認真找工作吧！」鄭芮允沒好氣地說，說完還不忘補了一句：「不過……搞不好妳就連進到綺星也見不到人，畢竟整間公司光工作人員就有數百人，還不含其他藝人的人數呢。」

無視鄭芮允的唱衰，向天心轉頭面向鄭芮緯的方向，「姊姊妳再多說一點嘛，那天他們來店裡是外帶還是內用？在聊什麼內容？有說最近在進行什麼拍攝工作嗎？」

劈里啪啦的問了一連串問題，向天心最後又補了句：「妳有跟他們要簽名或是合照嗎？」

面對向天心連珠砲似地提問，鄭芮緯苦笑了一下，「我記得……那天是平日下午一個人很少的時段，感覺他們應該是刻意避開人潮來的，點了飲料後，就在櫃檯旁的角落避開其他客人的視線。因為那天有一些外送的單子，所以大概讓他們在那裡等了十分鐘左右……」

「然後呢然後呢？」就連專注於研究綺星娛樂入社條件的鄭芮允，也暫時停下手邊動作，好奇地抬起頭來用眼神示意姊姊趕緊接著說下去。

「嗯……一開始磨豆機發出很大的噪音，所以我沒有仔細聽他們在聊什麼，只是一直覺得他們好像在躲什麼人，結果……我去附近的桌位送餐回來的時候，就聽到那個穿得一身黑的男藝人，壓著帽子問了旁邊的人一句：『哥，他們應該沒有再跟來了吧？』」鄭芮緯說著頓了頓，接著開口：「然後他旁邊的那個男藝人先是嘆了很大一口氣，才語帶不滿地說：『真不知道同樣的事情到底還要發生幾次，你以後如果再遇到相同的狀況就報警吧。』嗯……我記得大概就是這麼回事。」

聽了鄭芮緯的話，鄭芮允像是突然想起什麼似地用力彈了一下食指，轉頭對著向天心說：「該不會就是那天！」

很快便明白鄭芮允在說什麼的向天心也跟著朝著她喊道：「妳說秦皓宣和

白宇都有發文的那天嗎！」

說著向天心很快點開了秦皓宣的粉絲專頁，找出了一個多禮拜前，那則讓人有些摸不著頭緒的貼文，內容是這樣寫的：

「幾個禮拜前剛結束了 SOLO 出道以來的第一場大型見面會，很開心可以在現場見到那麼多喜愛我們的 SWEETIE，大家的愛和熱情我們也都有很好地收到了，只是最近也發生了許多讓人覺得很遺憾、很難過的事情。我和團員們都不想要把話說得太難聽，讓愛我們的大家失望，只是想說，藝人也是人，我們也和大家一樣會有需要自己空間的時候，也和大家一樣會有需要陪伴親人朋友的時候，兩年多來謝謝大家給我們的愛與支持，但是我希望這些都是建立在彼此尊重的前提下。」

雖然大致上有猜到是什麼樣的情況，才會讓平時開朗幽默的秦皓宣發出這樣的文章，但是實際聽了鄭芮緯的話，向天心才意識到，SOLO 的成員們每天需要面對的壓力可能遠比自己想像中還要來得大。

「SOLO 的私生飯還有黑粉問題，好像一直都滿嚴重的，妳還記得當時選秀的時候，有一個最後沒有順利出道的成員嗎？我們一開始都還滿喜歡他的。」

一陣沉默後，鄭芮允突然回憶起當年 SOLO 還未成團，自己和向天心每天都還在幫綺星娛樂的練習生投票的日子。

「妳說的是李玉祥嗎？」說出這句話時，向天心腦海中浮現的第一個畫面，是那天和江俊辰一起走進麵包店內的紅髮男孩。

「沒錯！就是他。」鄭芮允激動地點了點頭：「一開始以他的人氣是絕對有可能角逐出道位的……」

「我記得！那陣子有一段被惡意編輯過的影片在網路上瘋傳，就是李玉祥在路上把一個粉絲罵哭的影片！」對於這件事，向天心還有印象。因為當時她在看到那段影片的當下，第一個反應也是失望，畢竟在那個時候，李玉祥是她繼江俊辰後第二喜歡的練習生。

「第一時間，留言區就被大量負面的評論灌爆。從那時候開始李玉祥的名次就一直往下掉，即使事後有人跳出來替李玉祥講話，說是那個粉絲每天都在不同的地點堵他，那次休假甚至跟蹤李玉祥搭車回老家，最後實在忍無可忍，李玉祥才會出面制止他，沒想到他不但不聽，還是依然故我，最後才會有網路上瘋傳的那段影片出現。」

對於鄭芮允說的那些，向天心依然記憶猶新，即使最後有許多人紛紛跳出來替李玉祥辯駁，一切卻都已經太遲了。也許是受不了輿論壓力，李玉祥最終自行選擇退出比賽，讓許多支持他的粉絲大為震驚，由愛生恨的結果就是招來更多謾罵與批評。

那些不堪入目的、惡毒的、讓人頭皮發麻的話，就連非當事人看了，都會感到十足的壓抑……

「笑死，連這麼一點壓力都承受不了，幹麼還要當藝人？回家做夢還比較快！」

「早就知道他紅不起來了，長相普、實力也不怎麼樣，我唸幼稚園的兒子跳舞都跳得比他好。」

「私生飯不是每個偶像都會遇到的問題嗎？趁早習慣一下不是很好？有人願意這樣跟著你就該偷笑了，不然你以為自己是什麼貨色？」

「雖然曾經是李玉祥的粉絲，可是看他罵人的樣子我都感到害怕了……」

「那個影片很明顯是惡魔剪輯，樓上要懂得分辨真假新聞啊！」

當然也有很多人看不慣網路上一些是非不分的言論，紛紛跳出來為李玉祥辯護，不過最終往往被更大一票幸災樂禍的網友貼上「護航」標籤，甚至大張旗鼓地宣稱在言論自由的時代，每個人都有發表意見的權利。

鬧得沸沸揚揚的結果便是，李玉祥不但放棄了夢想，選擇退出比賽，還在徹底消失於螢光幕之前，特地錄製了一段道歉影片。

影片中他不斷重複著「對不起，我真的讓很多愛我的人失望了」，憔悴的模樣，不管是誰看了都會感到心疼。

李玉祥退出的那段時間，江俊辰似乎也陷入了一陣低潮，因為是從十幾歲就開始一起練習的朋友。向天心心想，應該就是因為同為練習生，所以才更能感受彼此肩上承受的壓力吧。

就連秦皓宣那篇不帶任何髒字的理性勸導文底下，都有很多不理智的留言，直稱：身為偶像，就等同放棄正常人的生活，發這種文章只會讓人覺得SOLO是個上不了檯面的團體。

思及此，向天心不禁回想起這段時間的直播，江俊辰臉上的笑容似乎確實不如過去自然了。本以為可能是最近打歌、跑活動太累，從沒想過可能還有這些瑣碎的事情影響心情。

「當藝人真的太辛苦了，還是當個平凡普通的人就好，可以跟朋友一起坐在咖啡廳聊八卦，也不用躲躲藏藏的，更不用擔心回家時累個半死還有人在你家門口堵你。」鄭芮緯最後這般語重心長地說：「還有，妳們兩個，上次去見面會追人家的保母車追得滿身傷，這樣也是非常差勁的行為。下次不可以再這樣了，聽到沒有？」

「我知道了啦，上次我們其實也沒有想那麼多，就只是很想把心意傳達給他們，也沒想過這樣或許會給別人帶來困擾。」鄭芮允越說越心虛，頭都快要垂進眼前的咖啡杯裡了。

聽了她的辯駁，鄭芮緯無奈地搖搖頭：「粉絲跟偶像還是要保持良好的距離，太瘋狂或是太執著都不好，都長這麼大了這些道理還要我教妳們嗎？喜歡的話就多說點鼓勵的話，好好在背後支持著就好。」

語畢，還不忘轉頭叮囑向天心：「天心妳聽好了，不管妳進入綺星娛樂的目的是什麼，都要守好本分！不要做出讓自己後悔也讓別人難堪的事，知不知道？」

聞言，向天心若有所思地點了點頭，心裡確實認為鄭芮緯說得有理。

「嗯，我已經想通了，即使只能遠遠地望著江俊辰，我也不會再有任何怨言。畢竟這一切都是身為追星女孩的我，心甘情願的！」帶著熱騰騰的水餃和酸辣湯回到租屋處，向天心抬頭挺胸地對著鄭芮允說道。

「那綺星呢？不去了？」

「去是肯定要去的！雖然一開始可能是因為江俊辰的關係！但是經過這一個多月下來，我覺得我的心靈已經有所昇華……」

意識到向天心又要開始胡言亂語的鄭芮允，無奈地雙眼一閉，打算閉著眼睛聽完眼前一本正經的女子胡說八道。

「我！已經不是從前那個幼稚、無知、自目、可笑……還有什麼？」

「弱智。」見到向天心卡頓，鄭芮允在一旁好心補充。

「我剛剛說到哪裡？」
「說到可笑。」
「好，那我重來一次，我！已經不是從前那個白目、可笑、弱智、低能、做事不經大腦的向天心了……我，現在起，立志成為一個佛系的粉絲，無欲無求，看破塵世間一切紛紛擾擾，超然……」
「好喔，那 SOLO 再十分鐘後要開直播，身為一個佛系粉絲妳不看了嗎？」
「看！我當然要看！」佛系粉絲不過三秒鐘的時間，立刻被打回原形。
SOLO 習慣在每個月的月中或是月底開直播，和粉絲稍微分享一下近況。雖然沒有固定的時間，但是這兩年多來，不論風吹、日晒、雨淋，向天心甚至有過電影看到一半，得知今天晚上有直播的消息就中途離場的經驗。
而且不知道為什麼，自兩週年粉絲見面會後，江俊辰發文和粉絲互動的次數變得很少，幾乎只能在這種團體直播中，或是其他成員的近況分享內看見他的身影，所以向天心當然不可能輕易錯過。
一個多小時的直播下來，向天心早已忘記不久前當著鄭芮允的面立下的豪言壯語。
「天啊！江俊辰真的好帥喔！我發誓！我一定要去到一個，江俊辰也能一眼就看見我的世界！我，一定要進入綺星娛樂！」

「看來妳又從佛系粉絲，變回過去那個可笑、弱智、低能、無知、白目、腦殘、庸俗……」

「停停停！喂，有很多是妳自己另外加上去的吧！」向天心不滿地抱怨，最後還不忘厚著臉皮稱道：「哼，人心總是善變的。」

「善變歸善變，三秒變一次還真是不常見。」

「哎呦！不錯！單押欸！」

「呿！」

就這樣，向天心三兩下就把鄭芮緯的一番好言相勸通通拋諸腦後，繼續沉迷於狂熱的追星日常。

不過，向天心也很清楚，她絕不會像那些總是擾人清閒、扒人隱私的私生飯一般沒水準，她可是一個堂堂正正的女人，身為堂堂正正的女人當然就要堂堂正正地，憑藉自己的實力進入綺星娛樂，然後抬頭挺胸地站到江俊辰面前，臉不紅氣不喘地告訴他：「嗨！我是你的粉絲！謝謝你給我夢想！」

「嘶……不對不對，」趴在書桌前，向天心焦躁地啃咬著筆桿，猛地回過身望向癱坐於床上狼吞虎嚥吃著自己新買泡麵的女人：「謝謝你給我夢想這句話……是不是有點中二，應該要再……再更雲淡風輕一點對不對？」

低頭吸了一口麵，鄭芮允優雅地抽了一張衛生紙在嘴邊來回點了幾下，沒好氣地說：「妳先想辦法進人家公司再說吧，想那麼遠幹麼。」

「也對，說得也是。」沒有反駁鄭芮允的話，向天心一扭頭，再次將目光專注於電腦螢幕上的文檔。

這陣子向天心時常和鄭家兩姊妹一起研究綺星娛樂官網上適合自己的職位。在多方評估和研擬下，鄭芮緯建議她可以嘗試用這些年累積的繪圖作品，還有一些簡易的動畫製圖以及剪輯作品，試試看申請影音剪輯部門的基層職位。

「不然節目部的製作助理和美術助理妳也都試試看吧，還好妳們倆當初選的科系是大眾傳播相關的，一些基礎的剪輯、攝影、製圖對妳們來說都不是難事。」

在鄭芮緯的協助下，向天心原本空白的履歷不過眨眼的時間，就變得繽紛起來。

「姊姊，妳應該要去當求職顧問，留在咖啡廳實在大材小用了。」

「我看還是免了，光妳們兩個傢伙就讓我夠忙的。」

「別這樣說嘛，畢竟我們兩個石頭腦袋聚在一起也不會有什麼進展，還是需要借妳的黃金腦袋一用。」

「妳才石頭腦袋啦！」向天心的言論，惹得坐在窗邊對著手機露出花痴笑容的鄭芮允不滿：「好好坐在這裡也要被妳拉下水，請不要打擾我欣賞秦皓宣的曼妙舞姿。」

「笨就笨，有什麼好不承認！」朝著鄭芮允扮了個鬼臉，向天心一扭頭就變了一張臉，畢恭畢敬地將填寫好的履歷移到鄭芮緯面前：「姊姊，我填好了，拜託幫我看一下。」

「好的。」接過向天心填好的履歷，鄭芮緯語帶笑意地問：「聽說天心最近開始在網路上畫動畫啦？」

「那個喔……其實就是一些簡單的插畫，還有在我身上發生的衰事……一些上不了檯面的東西而已啦……」向天心尷尬地抓了抓鼻子，有些不好意思地承認。

這段時間為了替接下來的考核、面試做好萬全準備，向天心除了日常裡更加勤奮經營為了追星開設的插畫粉專外，更是努力惡補動畫製作以及剪輯技能。加上本來就有一定繪圖基礎、上手很快的結果，也讓向天心開始製作一些追星以及記錄日常生活的小動畫，沒想到分享到粉絲專頁上，竟得到意料之外的結果……

也許是將自己在 SOLO 粉絲見面會上，妄想將長得像「豬」的布偶熊交給江俊辰，卻摔了個狗吃屎的經驗用可愛的方式呈現出來，還在影片末用輕鬆的口吻呼籲眾人「愛惜生命，理智追星」。

幽默可愛的風格，在短短不到兩個月的時間，便創下破萬點擊，粉絲專頁的訂閱人數甚至遠遠反超鄭芮允，率先達到兩千人。

也不知道粉專訂閱數是否成功達到加乘效果，還是向天心那天從「耀眼如你」走路回租屋處的路上不小心踩到狗屎。

往綺星娛樂寄出履歷後的一個月後，向天心竟跌破眾人眼鏡，在五百多名應徵者中殺出一條血路，成功進入了第二輪面試。

「哇！光是第一輪就淘汰了三百多人，第二輪面試甚至只會取前二十名，十分之一的機率，妳有信心嗎？」鄭芮允當然很替向天心感到開心，只是她同時也很擔心僧多粥少的情況下，結局會讓一心只想進入綺星娛樂的向天心失望，畢竟期望越高失望就會越高的道理亙古不變。

雖然平時講話直接又不留情面，但鄭芮允心裡其實比誰都還不想看見向天心失望的樣子。

「雖然機會很少！但是先拚拚看再說吧！至少現在已經拿下了入場的門票，代表我離江俊辰的距離又再更往前一步了，不是嗎？」和鄭芮允不同，向天心倒是抱持著樂觀正向的態度，因為不管怎麼說，她都進入第二輪面試了，眼下需要擔心的也只有在面試場合中，能不能好好表現而已。

在向天心忙著寫履歷、準備面試的期間，鄭芮允也如願成為了「耀眼如你」的員工，身為一個一畢業就有工作的人生勝利組，鄭芮允還是非常大方表示，只要向天心來到「耀眼如你」，不管進行什麼樣的消費，通通由她負責買單。

「等我順利進入綺星娛樂，一定請妳和姊姊吃一頓大的。」

「話可是妳說的，到時候別想要賴啊！」鄭芮允一面傾身清理吧檯桌面，一面關心地問：「面試時間什麼時候出來？妳收到通知了嗎？」

「嗯，我今天早上收到了，我是九月二十號下午三點的場次。」向天心點了點頭，輕啜了一口面前的百香果綠茶。

「九月二十號？那不就是妳生日後一天嗎？」

「也是江俊辰生日後一天。」向天心喜孜孜地舔了舔嘴脣，百香果的香氣在嘴裡擴散，酸酸甜甜的滋味讓她頓時覺得心情很好。

「哇！那今年要怎麼幫妳慶生？KTV？吃到飽？還是要去手作蛋糕店做檸檬塔？」

從高中開始，向天心每年的生日都是和鄭芮允一起過。去年她們一起去了外縣市的遊樂園玩了整整一天；前年則是找了一票熟識的大學同學，一起訂了一間汽車旅館的豪華套房，在裡頭徹夜喝酒、歡唱；再前年剛好碰上兩人很喜歡的歌手開演唱會，那時候SOLO還沒有出道，她們便一起搭了四個多小時的火車去現場應援。

「可是我們從今年開始就不是學生了……我生日那天是平日，妳還要工作吧。」

「也是……」鄭芮允本來還想再安慰向天心幾句，沒想到眼前那個啜飲百香果綠茶的女人，卻突然咧開嘴露出一抹驚悚的花痴笑容。

「而且……江俊辰上禮拜久違地發文了，他說今年生日要和他的 SWEETIE 們一起過，晚上七點半開始。我已經打算好那天要來店裡為隔天的面試做最後衝刺，然後快七點的時候買一塊江俊辰最喜歡的巧克力蛋糕回家，準時守在螢幕前和他一起度過我們的二十三歲生日，接著霸氣地告訴他，我，向天心，很快就會去到你的世界了！請再等等我！」

望著眼前徹底沉浸於幻想中的好友，鄭芮允無奈地嘆了口氣，默默收走擺在她眼前的玻璃杯，轉身前還不忘淡淡丟下一句：「向天心，有病就要看醫生，不要一天到晚來店裡騷擾我跟我姊。」

就這樣一面期待著和偶像一起過生日的日子，一面忙碌地準備娛樂公司的面試，時間很快就來到了向天心生日當天。

「生日快樂！」鄭芮允和鄭芮緯在「耀眼如你」簡單地替向天心舉辦了一場三人派對，為此鄭芮緯還特別提早一個小時打烊。

「明天就要面試了，有信心嗎？」將向天心提前預訂的四吋巧克力黑森林蛋糕打包好，鄭芮緯笑著問道。

「我也不是很確定！」向天心偏著頭，衝著鄭芮緯咧著嘴憨笑了一下，「總之，只能拚了！」

「很好！」用力地拍了拍向天心的肩膀，鄭芮允揶揄道：「畢竟傻人有傻福！我相信妳一定可以的！」

或許是想到再一個小時後，就可以看著那張夢想中的臉龐吹熄蠟燭，所以對於鄭芮允的嘲諷，向天心完全沒有放在心上，興高采烈地提著香噴噴的蛋糕還有幾罐超商購買的冰啤酒回到租屋處。

滿心歡喜地打開電腦，桌面上的電子時鐘顯示19：27分。

「NICE，再三分鐘！」愉悅地打開那個鄭芮緯特別為她訂製的，上頭擺滿小熊軟糖的巧克力蛋糕，向天心小心翼翼地插上蠟燭。

待一切準備就緒，興奮地搓了搓手，向天心緩緩將游標點進江俊辰的直播頁面，「耶！開始了！開始了！」

當直播畫面亮起，向天心簡直開心得不能自已。

「嗨，大家晚安。」對著鏡頭微微點頭，江俊辰露出一抹好看的笑。最近為了新專輯，他特別將頭髮染成淺棕色，向天心覺得這是自出道以來，最適合他的髮色。

江俊辰看上去像是剛結束行程回到宿舍，臉上還帶著妝，可是身上的衣服已經換成一件居家的黑色素T。直播的背景是他的房間，有一張整理得乾淨整齊的單人床，床頭擺了一隻豆豆先生的泰迪熊娃娃，記得在某一次直播中江俊辰有特別介紹，那是還在當練習生時，李玉祥跟秦皓宣送給他的生日禮物。

「晚安，今天也辛苦了！」衝著江俊辰帥氣的臉龐微微一笑，向天心激動地朝著螢幕揮手。

而後，她輕輕拉開擺在一旁的啤酒拉環，享受地仰頭灌了一口，將沾滿水珠的手隨意往褲管上一抹，而後自然地將雙手擺上鍵盤，飛快地來回敲了幾下後熟練地按下輸入鍵。

江俊辰的小梨渦：江俊辰！二十三歲生日快樂！話說我也是今天出生的孩子呢……

直播間上顯示的觀看人數很快就超過一萬人，因此才剛輸入的留言，一下就被其他蜂擁而至的訊息內容推擠至最上頭。

截至目前為止，向天心在直播中留下的內容還沒有被江俊辰回覆過。

「啊，問我今天怎麼過生日嗎？」江俊辰不會無時無刻都關注留言，通常也只會回覆最多人在留言區詢問的問題，因為重複率最高，所以最容易被他看見。

「我今天其實只有一個行程，早上跟 Jimmy 哥一起去錄了節目，錄什麼節目現在還不能跟你們說。」江俊辰燦爛地笑了一下，然後調皮地離開位子，過了幾秒後才捧著一個小熊造型的蛋糕回到畫面中，對著鏡頭開心炫耀。

「這個是我結束行程回來的時候，我們親愛的隊長白宇先生送給我的，他騙我說是他做的，你們相信嗎？」江俊辰說著，也許是覺得很荒唐，仰起頭開心地笑了起來，「我剛剛瞄了一眼留言區……看到有人說白宇哥連蛋都打不好，要我小心不要吃到蛋殼……哈哈哈好壞，但是你說的是正確的，因為我也這麼覺得，白宇哥絕對是 SOLO 裡面廚藝最爛的人。」

世上只有俊辰好：辰辰為什麼好長一段時間都沒有發文？最近工作太多了嗎？今天看起來很累欸！

你要不要吃哈密瓜：俊辰生日快樂！拜託你不要再消失了！你整整兩個月沒有更新貼文，沒有你的消息，飯吃起來都不香了。

買樹懶給我：黑眼圈好像有點重？辰辰要多休息喔！不要讓我們擔心。

我是林家菇：俊辰生日快樂，今年生日有什麼願望嗎？

江俊辰死娘炮：無限期支持江俊辰退出 SOLO！

留言區的留言一刻也沒有斷過，大部分都是一閃即逝，雖說鼓勵與問候的評論居多，但畢竟是選秀出來的人氣男團，時常也會有一些抹黑、中傷的留言出現。對於這些惡意評論，江俊辰從來沒有做出反擊，也不會特別在直播間裡點名罵人，面對鏡頭時他永遠都是笑著的，只是有時候，眼尖的粉絲多少還是會注意到他的心情似乎有受到影響。

江俊辰的小梨渦：樓上的你有病吧？

你要不要吃哈密瓜：酸民真的可以滾了，辰辰不要理會那些無腦黑粉。

要打去練舞室打：嘿，樓上的我欣賞你的暱稱！然後酸民跟私生飯真的都給我去死啦，煩欸！

不過這些憤怒與不滿，似乎也只存在於滿是粉絲的留言區，畫面中的江俊辰依舊掛著大大的笑臉，開心地和大家分享今天經紀人為了替他慶生，特別准許他吃炸雞還有披薩。

「因為平常上鏡頭吃這些東西很容易腫，所以基本上公司一律規定不能吃，可是今天託經紀人哥哥的福，真的過了一個很幸福的生日。」

「最近比較少發文嗎？啊，我沒有注意到欸，最近工作說忙其實也不太忙……其實也不是說忙，嗯……就是準備的事情比較零碎吧，對不起，讓大家擔心了，我之後會注意要時常發文的。」

「生日願望喔，如果真的可以實現的話，我其實還滿想放個長假的，這應該是我們團隊成員的共同願望，但是每天跟團員們一起跑行程也很有趣啦，畢竟這是我們的夢想嘛。不管怎麼說，都想要呈現更多好的作品給大家。」

「我從八歲拍廣告出道，十二歲開始進公司當練習生，到今天其實已經在演藝圈十五年了，我自己都不太敢相信，因為真的是好長一段時間啊。二十歲以後開始會想比較多，以前都是走一步算一步，但現在就會思考更多層面的事，不過也是有好有壞啦。」

「謝謝大家，我都有定時吃飯！昨天吃了雞胸肉沙拉是秦皓宣自己做的，他最近在研究養生食譜。」

江俊辰就這樣一面輕鬆地閒聊，一面回覆留言區裡五花八門的提問，時間很快就來到了晚上九點多。

「大家今天一整天也辛苦了，謝謝你們願意花時間跟我一起過生日，雖然好像都是聽我講廢話居多，大家的祝福我都有很好地收到了，今天最後我們就一起點蠟燭唱個生日快樂歌結束吧。」

聽見江俊辰這麼說，向天心也急忙從手提袋中掏出提前準備好的打火機，和江俊辰一起點燃了蛋糕上的蠟燭。

橙色燭光映在江俊辰臉上，那雙深棕色的眼瞳裡反射出電腦螢幕上密密麻麻的留言。有那麼一瞬，向天心似乎從那雙總是笑著的眸子裡，感應到了一股極致深沉的落寞，很短暫，卻很深刻，就像是燈光一打，隱身在投影幕背後的東西即使掩藏得嚴密，終會透出影子來那樣……

「祝你生日快樂，祝你生日快樂……」

點燃的燭光讓向天心映照在電腦螢幕上的身影變得清晰起來，她發現自己臉上淡然的表情，和江俊辰精緻乾淨的臉，在那方小小的電腦螢幕上交疊到了一起。

隨著江俊辰的步調，向天心也開始拍著手唱起生日快樂歌。

待江俊辰唱完四個小節，他淡淡對著鏡頭前的粉絲們說：「接下來要許願囉。」語畢，他微微閉上眼睛，對著面前的蛋糕許下願望。

「第一個願望，希望我身邊的所有人，都可以過得平安健康。」

待江俊辰說完，向天心也依樣畫葫蘆地照做：「那麼我也希望，身邊愛我的還有我愛的家人朋友，一切平安，順利健康。」

「再來是第二個願望，」江俊辰溫暖的聲線傳入耳畔，讓向天心沒忍住，伸出手輕輕觸碰螢幕中那張看上去帶著些許憔悴的臉龐。

「我希望現在在看直播的你們，都能實現自己的夢想，每天過得幸福快樂。」江俊辰的聲音緩緩從電腦螢幕中流出。他微微閉著眼，表情看起來相當真摯。

「那麼……我希望江俊辰和 SOLO 的成員們都可以過得開心，不需要勉強自己做不喜歡的事。」

因為江俊辰把第二個願望送給了粉絲，所以向天心也想把自己的其中一個願望送給他。在許下這個願望時，向天心是無比真誠與懇切的。

雖然不是迷信的人，但每年生日許願的時候，向天心都會特別認真，甚至會在日期將近時，提前思考今年生日要許下什麼樣的願望。

第三個願望是眾所皆知不能公諸於眾的。江俊辰雙眼緊閉，雙手交握著在畫面中沉默了；向天心則是毫不猶豫地對著眼前才滴落一滴蠟油的紅色蠟燭，平淡許下屬於她的第三個願望。

「我希望……我能順利進入綺星娛樂，去到一個……江俊辰也能看得到我的世界。」

緩緩吹熄蠟燭，頭頂上的日光燈管卻戲劇性地閃爍了幾下，然後「啪」的一聲，整間租屋處頓時漆黑一片。

「不會吧！是停電了嗎？可是我沒有收到通知啊？」

焦急地左右張望了一陣，正當向天心準備起身檢查電源開關時，頭頂上的日光燈管卻又一次急促地閃爍起來。

沒過多久，她又一次聽見那聲清脆地彷彿觸電一般的響聲。當周圍再次亮起，向天心第一眼看見的是掛在電燈開關旁的時鐘，上頭顯示的時間——是九點十九分。

「喔不，該不會是鬧鬼吧？」向天心突然想起前陣子在夜深人靜時，時常於租屋處的公共長廊上聽見腳步聲，忍不住嚇得雙腿一縮，整個人蜷縮在椅子上神經兮兮地左右張望。等到確認一切沒有異常後，向天心才開始說服自己，也許是線路老舊，接觸不良惹的禍。

正當她不打算再繼續疑神疑鬼，將目光再次聚焦於電腦螢幕上的直播畫面時，卻訝異地發現——江俊辰似乎正透過鏡頭一臉疑惑地凝視她。

「什麼啊，是剛剛停電所以卡頓了嗎？」因為畫面上的那張俊臉一動也不動，讓向天心忍不住伸手移動滑鼠，想看看留言區是否有人跟她遇到一樣的狀況。

「嗯？留言區呢？怎麼消失了？」

然後……她才赫然發現，這並不是她熟悉的直播介面。

在螢幕最下方還有一個方形的小窗框，向天心定睛一看，發現小窗框裡映照出的，正是自己的身影。

還來不及確認到底是怎麼一回事，她便看見螢幕前的江俊辰微微輕啟唇瓣，有些顫抖地問了一句：「妳看得到我嗎？」

「啊——」摀著嘴訝異地驚叫出聲，向天心簡直不敢相信眼前發生的一切。

「不好意思，只有我覺得現在的情況很荒唐嗎？」江俊辰的表情看上去也有些不知所措。

回過神後的第一件事，向天心當然是率先確認小窗框裡自己的模樣，當她看到那張憔悴、脫妝甚至還夾著鯊魚夾的邋遢宅女出現在窗框內時，沒忍住又一次崩潰地摀住臉。

好不容易鎮定下來，向天心才低著頭，顫抖地問了一句：「你……你能看見我嗎？」

「可以，我還能看見妳桌子上擺的蛋糕，還有床頭櫃上我們上一張專輯的簽名海報，妳是誰？是我的粉絲嗎？」江俊辰似乎比向天心更早接受了事實，雙眼來回在鏡頭前打轉，似乎是在觀察畫面中向天心周圍的擺設。

激動地伸出雙手遮住鏡頭：「等……等一下。」從沒想過那個想讓江俊辰也看見自己的願望會那麼快就實現，向天心根本沒有任何準備機會，就在偶像面前以這副模樣見人，她實在無法接受。

隨手拿了一張紙將鏡頭蓋上，向天心才終於有辦法冷靜下來與鏡頭前的江俊辰對話。

「我……我剛剛在看你的直播，然後宿舍突然停電，結果回過神來就變成現在這樣了，我也不知道到底是怎麼回事。」

「原來是這樣……我是剛剛一睜開眼睛，畫面就變成這個樣子。不知道為什麼好像變成我們兩個視訊通話，也許是我剛剛不小心按到什麼……而且直播畫面好像也被中斷了……」

「那……那你有試過重開一次嗎？」

「但是我剛剛發現我目前收不到任何訊號、也連不上網路，但卻可以跟妳連線……我也……不太清楚為什麼……會這樣。」

望著江俊辰一臉錯愕的表情，向天心頓時意識到對方現在正在一對一地和她說話，沒忍住用力甩了自己一巴掌：「天啊，我不會是在做夢吧，難不成是明天要面試壓力太大了？」

「妳明天要面試嗎？」江俊辰突然出聲，打斷了向天心的自言自語。

「嗯。」愣愣地點了點頭，向天心有些不好意思地回應道：「我明天要去參加綺星娛樂的第二輪面試。」

「我們公司？哇，恭喜妳。」也許是知道向天心是自己的粉絲，江俊辰拿出直播時對粉絲說話的口吻，語帶笑意地說：「我會替妳加油的。」

感受到江俊辰隨時都有可能結束通話，向天心意識到有些話不趁著這個機會趕快說，下次也不知道要等到什麼時候了，於是用力吸了一口氣：「江俊辰！」

她呼吸急促地喚了一聲，語畢，只見江俊辰又一次將目光對準鏡頭，在向天心眼裡就好像是對方在看著她說話一樣。

然後江俊辰微微點了點頭，勾起嘴角淡淡地應了一句：「嗯，妳說。」

「雖然……我也覺得現在的情況很荒唐，但是既然事情都已經發生了！我也不想浪費這個巧合！」決定把握機會的向天心一鼓作氣，將這陣子散落在腦海裡那些零碎的心意一點一點地拼湊起來。

只是開口後，才赫然發現，腦袋裡紊亂的思緒完全跟不上著急開合的嘴……

「我想跟你說……我真的已經喜歡你很久很久了！從你還是練習生的時候就一直支持你、每天堅持上網幫你投票，也是因為你，我才有了進入綺星娛樂的夢想……

我……我想告訴你！身為你的粉絲……雖然真的很喜歡看著你在舞臺上閃閃發亮的樣子，但我同時也希望你在做每一件事情、每一個舞臺時都是開心並且享受的，累了就休息沒有關係！真的！

我知道跟正常人相比，你們需要經歷更多辛苦的事！所以更想告訴你，如果真的很累、很辛苦，想放棄的時候，那麼即使最後決定放棄了也沒有關係！放棄也是可以的！誰說不能放棄啊！我啊……我活到二十三歲幾乎每天都在經歷放棄，不是……我的意思是……哎呀，所以……只是想讓你知道，不管真實的你是什麼樣子，我……我都會一直一直一直支持著你、喜歡著你……」

結結巴巴地說完一長串也不知道江俊辰有沒有聽進去的話，等到向天心回過神來才發現，畫面中江俊辰的臉一直維持著相同的表情、一動也不動地定格在電腦螢幕上。

「喂……喂江……江俊辰……你……你能聽見我的聲音嗎？」

不管向天心再怎麼呼喚，畫面中的江俊辰依然一動也不動。

「天啊……我剛剛到底都做了什麼？」

後悔的感覺總是來得特別快，正當向天心意識到自己剛剛的表現到底有多丟人時，煩躁地從電腦桌前激動地彈起身，伸手一把按下電源，暴躁地對著空蕩的房間發出一聲厭惡的吶喊：「啊！向天心！妳這個丟人的傢伙！」

站在房間裡又是跺腳又是搥胸地自我厭惡了一番，最終，向天心雙手掩面哼哼嘰嘰地跑上床，用棉被將自己團團包住，像條海鮮市場的活魚一般，在床上瘋狂擺動。

「我一定是瘋了吧！沒事幹麼叫人家放棄啊！」

「不對不對！往好處想！他可能沒有聽見那些胡言亂語！畢竟他說了網路收訊不好！」

「嗚……可是如果他聽到了怎麼辦！嗚……江俊辰一定是把我當作怪人了。」

「喔不！我剛剛到底都說了什麼啊！啊啊啊——向天心妳真的是傻子吧！」

「天啊！明天還要去綺星娛樂面試！真的是瘋了瘋了瘋了！哎呦！」

只要一想到自己又醜又狼狽的模樣全部被偶像看個精光，還自作多情地和江俊辰講了那麼多莫名其妙的話，就讓向天心恨不得直接一頭撞死在牆壁上算了。

煩躁地躺在床上，一會兒哭哭啼啼地獨自懊惱，一會兒又為了能和偶像在電腦桌前短暫的見面感到興奮，向天心的眼角餘光又一次掃到位於電燈開關處的時鐘。明明已經過了很長一段時間了，可時鐘上的指針依舊停在9點19分的位置。

不過對此，向天心並沒有放在心上，畢竟現在的她根本無心煩惱其他任何事。光是想到自己在江俊辰面前顏面盡失的模樣，就讓她夠焦慮的了，心裡想著隔天面試完一定要好好找房東抱怨一下租屋處突然停電的事。

後悔與煩躁的情緒就這樣一路持續到了深夜，直到癱在床上沉沉睡去前，向天心始終無法將尷尬與不滿的情緒逐出腦海。

只是此刻的她，一點也沒有預料到……

隔天一早等待她的，遠遠不止是一場為了入職而展開的面試……

第二章　追夢的人

隔天一早從床上坐起身，向天心還有些神智不清，虛軟無力地伸出右手在床頭櫃一陣摸索，按下電源瞥見螢幕上顯示時間的那一刻，向天心幾乎是當場嚇得直接把手機摔下床。

「幹！我居然睡到十二點！」她大吼了一聲，三步併作兩步地跳下床。沒有多餘的時間猶豫，她用最快的速度衝進浴室刷牙洗臉。雖然向天心分明記得，自己前一晚有事先將今天面試要穿的衣服準備好，只是一片混亂的狀態下，卻發現襯衫和西裝長褲都不在原本的位子。花了很長一段時間找到一件皺巴巴的襯衫，也管不了那麼多，三兩下套上，最後，簡單化了一個輕便的妝，向天心便再次衝回床邊撿起被自己摔至床底下的手機。

12點15分。

距離她的面試場次還有四十五分鐘，雖然搭捷運再轉公車需要花上一個多小時，但是如果從她的租屋處搭計程車過去的話，約莫只需要三十分鐘的時間，前提是在不塞車的情況下。

眼下也沒有太多時間讓她猶豫，向天心當機立斷，點開叫車平臺快速預約了一臺計程車，將桌面上準備好的面試資料通通塞進手提包裡，便急急忙忙奪門而出。

居然在這麼重要的日子睡過頭，向天心簡直快被自己氣死。加上昨晚收看江俊辰直播時的那場意外，自我厭惡的感覺再次占據她的思緒。

好不容易上了車，終於可以暫時平緩一下緊張的情緒，怎料越是在趕時間的時候，就越是會碰上麻煩，就連平時不怎麼塞車的路段，居然也開始塞車了。

「司機大哥！可以拜託你開快一點嗎！我真的在趕時間！」焦躁不安地趴在駕駛座的椅背上，向天心從口袋裡撈出手機看了一眼，再二十分鐘就要輪到她了，如果沒有辦法在時間內趕到就相當於棄權，想到這裡就讓她急得眼淚快要掉下來。

「好啦！我盡量！可是現在這條路不知道為什麼很塞，應該是前面有車子拋錨了，我換一條路走好不好？妳如果要去綺星娛樂的話，我知道有另外一條路，妳要賭賭看嗎？」

「另一條路大概多久會到？」

「大概喔……」司機大哥偏著頭一陣思索：「大概十五分鐘內可以到？要嗎？要的話我下個路口迴轉喔？」

「十五分鐘內……」低頭再次確認了一眼手機上顯示的時間，向天心毫不猶豫地抬起頭來，對著面前嚼著口香糖的司機鄭重地說：「司機大哥！我的未來真的就靠你了！下個路口轉吧！我們走另外一條路！」

「收到！妹妹那妳坐穩喔！」語畢。一個高難度大迴轉，司機大哥俐落地將車開入一條小巷內，而後便是一陣疾行。

坐在後座雙拳緊握的向天心，不斷將目光投放在手機螢幕上，望著時刻往上增加的數字，向天心心裡的不安一刻也無法緩和。尤其是在路口的紅綠燈轉換之際，總是讓她不自覺狂冒冷汗。

「司機大哥！拜託再快一點！我只剩下最後十分鐘了！」帶著哭腔，向天心緊緊扒著駕駛座的椅背懇切地說。

「哇！已經不能再快了啦！妹妹，妳先別緊張，轉過前面那個路口就是了，一定來得及。」

只是司機大哥話才剛說完，眼前的綠燈急促地閃爍了一下，當紅燈旁顯示的一百五十秒秒數映入眼簾，向天心幾乎是當下就做出判斷，將手邊的東西通通往肩上用力一甩，匆促地從皮夾裡抽出三張百元紙鈔。

「司機大哥！我在這裡下車就好！反正公司就在前面了，我直接用跑的過去比較快。」

「蛤！可是這裡是馬路中央欸，不好吧……」

沒等司機把話說完，向天心一把拉開車門，穿過一旁的車陣，雙腳一踏上人行道便開始沒命似地拔腿狂奔。

「還有七分鐘！應該來得及！」

因為司機大哥換了一條路走，所以向天心目前的位置是在綺星娛樂的後門。雖然從這一側跑到正門還有一段距離，但是比起塞在車陣中，向天心確實做出了最好的選擇。

只是好不容易氣喘吁吁地跑到公司正門，她卻早已滿身是汗，背後的襯衫溼了一大片，穿了高跟皮鞋的腳也因為劇烈地奔跑，腳跟磨出兩塊不小的傷口。忍著劇烈疼痛，向天心用力吸了一大口氣，正準備衝進綺星娛樂的大樓，卻看見一個穿了一身黑的男子，被保全人員連拖帶拉地拖了出來。

儘管好奇，但眼下也沒有多餘的時間去關心到底發生什麼事。匆匆忙忙踏上大樓外的階梯，向天心小跑著推開大樓旋轉門，並用最快的語速和守在門口面露疑惑的警衛說明來意。雖然一段話說得坑坑疤疤的，但是對方似乎也沒有要阻攔自己的意思。

三步併作兩步地奔向她憧憬已久的透明豪華電梯，沒有時間好好欣賞，她焦急地連按了幾下通往五樓的電梯按鈕。甚至連喘息的機會都沒有，隨著電梯緩緩上升，向天心只覺頭皮一陣發麻。

當電梯門緩緩開啟，她長吁了口氣再次低頭確認了一次手機螢幕上顯示的時間。

12點57分。

感動的情緒瞬間溶解了凝固的血液，終於讓向天心一片紊亂的腦袋，再度開始運作。

對著電梯鏡子最後整理了一下服儀，向天心做了一個深呼吸的動作，鼓起勇氣激動地踏出電梯。

抬頭挺胸一步步踏在柔軟的鐵灰色絨布地毯上，向天心有種踩在雲朵上飄飄然的感覺。

當她終於懷抱著既緊張又期待的心情轉過轉角，眼前的景象卻讓她大吃一驚，空蕩蕩的長廊上沒有如預期看到應該擺放在五樓會議室外的報到桌椅，甚至連個人影也沒見著。

「咦？怎麼會這樣？」懷疑是自己搞錯面試地點，向天心僵硬地從口袋裡掏出手機，慌亂地想確認面試通知上所標記的位置。只是點開電子信箱，向天心卻意外地發現，自己不管怎麼翻找，卻怎麼也無法找到那封被她小心保存的面試通知。

「咦？奇怪！我明明記得我有截圖存下來啊！」

冷汗不斷自額間冒出，正當向天心準備鼓起勇氣，撥通綺星娛樂人資部門的電話確認時，手機螢幕上卻率先亮起一通來電顯示。

沒有太多猶豫，向天心激動地滑開通話鍵，顫抖地應了一句：「喂？」

「喂？妳現在人在哪裡？」電話另一頭傳來一道陌生的女聲，讓向天心一時間有些不知所措。

「我……我在綺星娛樂辦公大樓的五樓……會議室外面，請問妳是……」

「五樓會議室？」

向天心話還沒說完，女聲便激動地打斷了她：「現在這個時間妳在那裡幹麼？我不是說了今天下午一點在B1的練習室集合嗎？」

「B1的練習室？」向天心聽得一頭霧水，何況她根本不知道現在打電話給她的人到底是誰，對方也完全沒有要解釋的意思，重重嘆了口氣，沒好氣地對著電話一頭的女人丟下一句：「妳打錯電話了。」

掐掉電話的那一刻，頭皮發麻外加頭暈目眩的感覺，讓向天心感覺自己幾乎就要暈厥過去。居然還能在這麼不湊巧的時間接到惡作劇電話，除了無助以外，更多的是不滿與憤怒。

向天心不明白老天爺為什麼要這樣對待她，好不容易在時間內抵達，卻發現原本該是人滿為患的面試地點，竟然空無一人？

淚水模糊視線的那一刻，緊攥在手中的手機螢幕再次亮了起來。激動地將手機舉至眼前，伴隨著來電顯示人的名字，向天心又一次感受到陣陣頭皮發麻的感覺。

顫抖地滑開通話滑軌，向天心有些疑惑，吶吶喊了一聲來電顯示上的姓名：「藝……華姊？」

「妳還知道我是藝華姊！」電話一頭又一次傳來和剛剛一樣尖銳的女聲：「向天心妳瘋了嗎？我剛剛用練習室的分機打電話給妳，結果妳居然掛我電話？」

「抱歉……我現在……實在有些……請問……」

「別說了！妳現在馬上給我下樓來！妳知道多少人在等妳嗎？妳今天到底怎麼回事！」

「我……」

「我給妳三分鐘！三分鐘後如果再沒有看到人，妳今天就準備練到凌晨吧！」

「蛤？可是我……」

也沒等向天心回覆，女人一把掐斷通話。

耳畔傳來一陣「嘟嘟嘟」的機械聲，一頭霧水的向天心依然不死心，點開綺星娛樂官網上人資部門的電話，正準備硬著頭皮按下通話鍵，不遠處卻傳來了電梯開關門的聲音。

「向天心！」

還沒來得及看清來者是誰，向天心便率先聽見對方親暱地喊了聲自己的名字。

只見一個染了一頭藍紫色波浪捲髮的高眺少女，穿了一套寬鬆的深藍色休閒運動服，邁著一雙長腿急促地走到自己面前。

「我終於找到妳了！藝華姊快氣瘋了妳知不知道？都已經這個時間了，妳到底還在這裡做什麼？」女孩眨著一雙畫了美麗眼妝的桃花眼，一臉疑惑地上下打量著向天心：「還有妳……妳今天為什麼穿成這樣啊？搞得好像要去面試一樣？」

「那個……請問妳是……？」

在少女走向她的短短幾秒，向天心的腦海裡跑過無數張臉，卻始終想不起來眼前這個擁有一張精緻鵝蛋臉，以及完美比例的女孩到底是誰。

本以為可能是對方認錯，但仔細想想她剛剛分明喊了自己的名字。

「我是誰？妳現在是在跟我開玩笑嗎？」女孩說著，擔心地伸出一隻纖細的手臂，將手背貼在向天心額頭上的那一刻，還不忘自言自語地說：「是發燒還是宿醉啊？」

確認了不是上述兩種情況，嘆了口氣，重重拍了拍向天心的雙肩，也顧不得對方臉上依舊寫著大大的疑惑，女孩一把勾住向天心的手，彷彿押送犯人似地拖著她往電梯的方向前進。

「再不走我們兩個是真的都會完蛋的！唉，我知道每天這樣練習很辛苦，加上選秀在即，藝華姊最近的脾氣確實是比較暴躁一點，但是妳仔細想想看，現在辛苦一點，之後實現夢想的時候回想起來這些都會是很美好的回憶啊！」女孩自顧自地說著，她的語速極快完全沒有向天心插嘴的空間：「畢竟我們也不像美娜、崔雪這樣年輕了，身為綺星娛樂最年長的練習生，我今年是一定要出道的！還有妳！妳也是一樣，二十三歲已經是非常非常緊繃的年紀，不然錯過這次機會，我們前面那麼多年的練習不就通通白費了？妳想想看，如果現在要妳不做偶像，還有其他出路嗎？」

「偶像？我……我嗎？」

電梯門「叮」的一聲打開了，在向天心眼前展開的，是她從來不曾想像過的世界。

寬敞的空間內，設立了幾間舞蹈練習室。從門上透明的小窗框往內看去，可以看見許多長相精緻的少女在練習室內拉筋、練舞，整個空間內充斥著化妝品和室內芳香劑的香氣，還有時不時傳入耳畔的歌聲、樂器聲，都讓向天心感到十足驚奇。

沒有回應向天心的疑惑，身旁的女孩又一次重重拍了拍她的肩膀，「走吧！別站在這裡發呆了。」

走出電梯前還不忘在她耳畔低語道：「等一下進去練習室，記得先去和藝華姊道歉。雖然她平時很凶沒錯，但是妳應該也很清楚，對妳，她是真的很寬容的。」

幾乎是被拖著走進距離電梯最近的那間練習室，推開黑色隔音門的那刻，寬敞的練習室內除了向天心和身邊的女孩外，還有另外五名年紀約莫二十歲上下的年輕女孩。

也許是感覺到有人進入練習室，女孩們紛紛停下了拉伸的動作，頻頻往向天心的方向張望。

「看什麼看！妳們時間很多嗎？動作都記好了嗎？」

向天心記得這個聲音！正是剛剛給自己打電話的尖銳女聲。

心跳加速地往聲源望去，向天心先看到練習室的鏡子內自己格格不入的服裝，以及臉上尷尬的表情；再來便是女人瞪著眼睛，一副想將她生吞活剝的驚悚面孔。

「向天心，妳為什麼穿成這樣？」

果不其然，女人雙手扠腰緩步走向了她，行進間還不忘回過頭對著身後的女孩們凶狠地吼道：「妳們！繼續練習！誰敢停下來等一下就通通別想休息！聽到沒有？」

「聽到了！」而她們似乎也不敢違逆女人的命令，整齊劃一地回應道，宛若軍隊似的。

「程若青，妳也別愣在這邊了，快點過去練習！」在向天心面前停下腳步，女人抬了抬下巴，示意始終站在向天心身旁的女孩入列。

「是。」

恭敬地應了一聲，被喚作程若青的女孩沒有半點猶豫，小跑步進入練習室內，加入其他人的練舞行列。

失去了夥伴，向天心一時間也不知道該將眼神往哪兒放，眼前女人睜著一雙銳利的牛眼，也許是因為面頰兩側的顴骨高高隆起，加上一張臉又瘦又長，讓女人顯得更加凌厲。

「妳很累嗎？」

比起關心，這句話聽在向天心耳裡更像是責備。

「不……不累。」

雖然根本不明白自己到底為什麼會在這裡，眼下卻不是她能轉身就走的情況，向天心也只能低著頭按捺心裡的委屈，吶吶應道。

「那妳今天搞成這樣，是在耍脾氣嗎？」女人的聲音越來越高亢：「三天後就要開始錄節目了，攝影棚、舞臺、宿舍、主題曲、服裝通通都準備好了，妳偏偏要在這種時候使性子是嗎？妳以為這樣的機會每個人都有嗎？妳到底有沒有搞清楚狀況，多少人想要進到綺星娛樂當練習生妳難道不知道嗎？是不是因為我對妳太好，誇妳幾句，妳就覺得自己比在場的所有人都厲害！所以大家的時間對妳來講都不是時間！向天心，我問妳現在都什麼時候了？妳今天還在這裡給我找麻煩？」

沒給向天心回話的機會，女人扯著嗓子接著吼道：「妳現在就可以告訴我，妳是不是不想出道？全公司五十幾個練習生大家都在努力爭取出道機會，妳如果不想要比，想要放棄，妳現在就可以告訴我。」

吼畢。整間練習室內頓時又是一陣鴉雀無聲，眼前的女孩們雖然都在對著鏡子數節拍，但向天心依然能用眼角餘光感應到，所有人都在從鏡子內的反射關注著自己。

她甚至清楚看見鏡子中，程若青一臉憂心的表情，並且不斷用嘴形示意她趕緊和眼前火冒三丈的女人道歉。

只是不管對方怎麼努力暗示她，向天心就是僵著身子站在原地，一個字也吐不出來。

見向天心久久沒有回話，女人凶狠地捶打了幾下裝有吸音海綿的隔音牆：「好，很好！我明白妳的意思了，只能說……我真的對妳非常失望。」

轉身前，女人還不忘咬牙切齒地回頭，凶狠地瞪了向天心一眼：「我今天就會去跟選秀組的負責人說，向天心練習生會退出這次的選拔，妳等一下就可以收拾東西走人。至於違約金的部分我也不清楚當時合約上是怎麼談的，反正出了這扇門妳就不再是我的練習生，相信妳應該可以自己想辦法處理後續解約的事。」

「什麼！違約金！」

聽到關鍵字，向天心的驚呼聲恐怕就連隔壁練習室都聽得見。

「可是我……」可是我今天真的只是來面試節目部新進員工的啊啊啊——最後這句話，向天心沒有喊出口。

因為從眼前少女們看著她的眼神，以及那個被眾人喚作藝華姊的女人一本正經對著她說的那些話，就結論來看，現在莫名其妙的人——確實是她。

可是向天心是真的不明白，自己究竟什麼時候簽了選秀合約？什麼時候成為了綺星娛樂的練習生？違約金什麼的又是怎麼一回事？還有……眼前這些親暱地喊著自己名字的人，她更是一點印象也沒有？

在這樣的情況下，要她心平氣和地照單全收，她實在無法接受。

就這樣僵著身子，不知所措地站在門邊許久，直到女孩們滿身是汗地練習結束，紛紛從向天心身邊經過走到教室外休息。

藝華姊依舊不願用正眼看她一下，直到程若青蹙著眉，用氣音對著她激動地說了一句：「妳跟我過來！」

然後硬是將她拖出練習室外為止，向天心甚至懷疑眼前發生的一切，應該都是自己的幻覺。

畢竟昨天睡前她確實喝了酒，這些荒謬的事情，一定只是一場夢，一場荒唐至極的夢。

「唉，妳今天還是早一點回去休息吧……我覺得，藝華姊剛剛只是在說氣話而已，我等一下會去跟她說妳今天身體狀況不好不是真的想要放棄，畢竟現在選秀在即大家都很敏感，加上妳也不常這樣，我相信她絕對可以體諒的！」程若青依舊自顧自地說著向天心聽不懂的話。

坐在距離練習室一段距離的休息區，程若青貼心地從自動販賣機買了兩罐玉米鬚茶，一罐交到了向天心手裡：「距離選秀日期越近，我們越要好好管理身材，不然怎麼可能贏得過那些代謝好的年輕妹妹們。吶，玉米鬚茶可以消水腫。」

愣愣地接過那罐自己平時連碰也不會碰的玉米鬚茶，向天心仍舊不敢相信眼前發生的一切。

這到底是怎麼一回事？

若說是夢境，手中寶特瓶外的水珠、瓶身的溫度，還有面前女孩額間流淌的汗水，未免也太過寫實了吧？

「那個……」猶豫了許久，向天心還是決定問個清楚，眼下她能求助的，也只剩下面前這個一臉藝人樣的女孩：「方便請教一下……妳也有簽那個什麼……合約嗎？就是剛剛……藝華姊……說的那個……我想要問一下，她剛剛說的違約金……大概金額是多少啊？」

「妳說選秀合約嗎？違約金？為什麼要問這個？難不成，妳真的想要放棄……？」女孩偏著頭一臉不解地望著她：「向天心妳今天真的很反常喔……為什麼感覺好像突然變了一個人？妳昨天一個人為了把高音唱穩，留在練習室裡練習到晚上十點！平時留在練習室練習到最晚的是妳，說什麼都想要出道的人也是妳，對後輩練習生最嚴厲的人也是妳，可是妳今天卻像是失憶一樣，陌生得讓人感到害怕……」

不不不！妳真的誤會大了！

向天心心裡很想這樣對著眼前的女孩吶喊，因為對方口中那個勤奮努力練習的人真的不是她！

直到昨天為止，她都還是那個窩在小小的租屋處裡，對著江俊辰的直播發花痴的宅女……

對了！江俊辰！

像是突然找到了救星，向天心頓時雙眼一亮，對著眼前的少女激動地說道：「我知道……我現在突然跟妳說這些妳應該會覺得很荒唐，但是妳昨天晚上說的那個在練習室裡練習的人，真的不是我！我昨天晚上七點半就回到租屋處看江俊辰的直播了！妳應該知道吧！SOLO 的江俊辰，他昨天過生日，所以開了兩個多小時的直播跟粉絲一起慶生……」

正當向天心準備掏出手機，點進江俊辰昨天晚上的直播介面時，卻絲毫沒有注意到眼前的少女，露出了比一開始還要更加驚恐的表情。

「向天心，妳需不需要我幫妳跟藝人管理部的姊姊預約輔導諮商？」

詫異地抬起眼來，接上程若青擔憂的目光，向天心發自內心的「蛤？」了一聲。

然後，就見程若青顫抖地輕啟唇瓣，緩緩道出了讓向天心完全無法接受的事實。

「SOLO是什麼鬼？江俊辰又是誰？妳到底都在說些什麼？從剛剛到現在，我真的一個字也聽不懂？」

這下不只程若青害怕了，就連向天心都開始感受到一陣極為深沉的恐懼從頭皮一路蔓延到了腳底。

直到她走出綺星娛樂的大門，腦海裡依舊迴盪著程若青顫抖的聲音。

這一切到底是怎麼一回事？

為什麼一覺醒來，所有的一切都變得莫名其妙了？

向天心甚至懷疑這會不會只是一場劣質的整人節目，畢竟自己現在人就在娛樂公司，電視臺的傢伙有時候為了拍攝，什麼事情都做得出來。

可是這一切還是有太多不合理的地方，例如她手機裡確實存有藝華姊的電話號碼；走出大門前，手機裡還亮起了程若青傳來要她好好休息的簡訊，甚至親暱地標記著「我的偶像程若青」。

向天心不禁開始懷疑，是不是真的如程若青所說，是她最近練習太累、壓力太大，所以才會出現很多不該屬於她的記憶還有幻覺。

關於精神分裂的電影，向天心涉獵不少，主角往往會對自己陷入的懸案感到疑惑，可是當最終答案揭曉，一切水落石出時卻會發現，原來凶手不是別人，正是精神分裂後的自己。

「天啊，我該慶幸我在精神分裂的時候，只是變成一個追著男團犯花痴的宅女，而不是拿刀捅人的殺人犯嗎？」頭昏腦脹地踏下綺星娛樂大樓前的階梯，轉過轉角時，向天心身後卻響起一道熟悉的男聲。

「那個……不好意思……」

詫異地轉過頭去，只見一個穿了一身黑戴著黑色鴨舌帽以及全黑口罩的男子佇立於自己身後。

向天心的腦海裡迅速閃過了不久前的畫面。如果自己沒有記錯的話，男子應該就是剛才和自己擦肩而過，被保全人員趕出大樓的人。

明明應該感到害怕的場合，但是向天心卻一點也不覺得恐懼，因為即使帽簷和口罩幾乎遮住了整張臉，向天心還是從男子高眺的比例，和身上散發出的氣質感受到他絕對不是一般人。當了那麼多年的追星女孩，向天心可以感受到眼前男子自帶一股渾然天成的藝人氣息。

「不好意思，我從剛剛就一直在這裡等妳……」男子緩緩向向天心的方向靠近。也許是剛剛距離太遠沒有聽清，可是這一次當那道帶著淺淺鼻音的溫柔嗓音傳入耳際，向天心下意識地摀住嘴，激動地驚呼一聲。

「你是……江俊辰？」

當男子走得夠近，而向天心也終於接上那雙隱藏在鴨舌帽底下的清澈眼睛時，激動得一顆心幾乎就要從喉嚨裡蹦出來。

「啊……我……我……」顫抖到連話都說不好的狀態下，也只能由江俊辰先開口。

「對，我是江俊辰。我還記得妳，剛剛妳走進公司的時候我就認出妳來了。」江俊辰的聲線依然溫柔，只是其中似乎還夾帶了一絲淡淡的疲憊：「妳是昨天晚上直播的時候，和我說要參加面試的那個女生。」

聽到江俊辰這麼說，向天心的心情很複雜。

一方面她意識到如果江俊辰還記得她，就代表她並沒有精神異常；可另一方面又想起昨天的直播現場，自己在江俊辰面前醜態百出的模樣……

「從今天早上開始我就遇到很多奇怪的事，剛剛甚至被保全人員趕了出來，大家好像都不認識我的樣子，不管我怎麼解釋都沒有用……」

江俊辰的話又一次將向天心從紊亂的思緒中拉回現實。

「我……我也是……」她現在還無法看著江俊辰的眼睛說話，低頭望著自己的腳尖吶吶地說：「就像你說的，一覺醒來所有的一切都變得奇怪了。我今天本來要來參加綺星娛樂的職員面試……結果卻莫名其妙地被帶到了B1的練習室，還跟我說……我簽了什麼選秀合約，如果不參加的話，就要付違約金，我根本搞不清楚到底是怎麼一回事……」

聽了她的話，面前的江俊辰陷入一陣沉默。他似乎還是很在乎旁人的目光，只要有人從兩人身邊走過，他就會下意識地壓低帽子，將頭轉向另一側，避免任何眼神交接的機會。

「我看……我們還是找個隱密一點的地方坐著說吧……」最後江俊辰這樣說道，似乎也和向天心一樣，對於發生在自己身上的一切感到莫名其妙。

領著向天心來到一間距離綺星娛樂不遠的咖啡廳門口停下，江俊辰淡淡地對著向天心說：「這裡是我跟成員們很常一起來的咖啡廳，因為這裡地點隱密，比較不會有人來。店裡還有包廂的位子，公司的藝人不想待在公司專屬的員工咖啡廳時，常常都會來這裡消磨時間。」

語畢，江俊辰緩緩推開掛有風鈴的玻璃門，紳士地扶著門把讓向天心先進到店內。

「歡迎光臨。」

年輕女店員見到有人進門，親切地上門招呼，只是在看到穿著一身黑的江俊辰時，並沒有露出看到藝人時該有的驚訝表情，反而遲疑地上下打量了一陣，才有些皮笑肉不笑地拿了兩本菜單交到向天心手上。

「麻煩給我們一個隱密一點的位子。」江俊辰左右張望了一陣，習慣性地壓了壓帽簷。

只是這個舉動似乎引來女店員的不滿，隨手指了指店裡最角落的位子，不耐煩地應了一句：「最角落的位子在那邊，沒有人的空位通通可以坐。」

尷尬地扯了扯嘴角，向天心對著對方露出一抹禮貌的微笑，拿著菜單，率先走到最靠近角落的座位區，將靠近牆角的一側讓給江俊辰，自己則是在他對面的位子坐了下來。

向天心從來沒想過，自己有生之年居然還能跟江俊辰對坐喝咖啡。不過短短幾分鐘的時間。她便從原本想要趕快從夢裡醒來，轉變成希望這場夢永遠都不要有盡頭。如果能夠一直看著這張俊臉發呆，代價卻是一直沉睡的話，向天心覺得不管怎麼想，似乎都是自己賺到。

年輕女店員將兩人點的百香果綠茶送上桌，在江俊辰摘掉口罩後，她的態度明顯和善許多，只是似乎還是沒有認出來眼前的男人，正是時下最紅的大勢男團 SOLO 中的成員。

江俊辰輕輕吸了一口眼前的百香果綠茶，僅僅只是這樣一個舉動都讓向天心感到十足不可思議。雖然知道江俊辰長得好看，一舉手一投足都足以讓萬千少女陷入瘋狂，卻萬萬不曾想過這個男人就連在咖啡廳喝個飲料，都能魅惑成這樣。

不愧是綺星娛樂的名片級藝人，因為不敢光明正大地望著江俊辰，向天心只能一面偷偷用眼角餘光覷著他，一面忍不住在心裡感嘆道。

「除了面試莫名其妙被取消之外……妳今天……還有遇到什麼奇怪的事嗎？」

有別於向天心的別有居心，江俊辰看上去倒是真的很想搞清楚到底是怎麼一回事，雙手不斷來回在眼前交握。

「嗯……奇怪的事嗎？」向天心偏著頭裝作思考的模樣，目光卻不斷被江俊辰一雙骨節分明的纖長大手給吸引：「嗯……綺星娛樂有一個練習生的名字……叫做程若青，我明明今天第一次見到她，但她卻好像認識我很久了一樣……不但叫得出我的名字，還很清楚我之前的練習狀況……但是我很清楚我根本不是她口中所說的那個人，也根本不認識她……」向天心低著頭結結巴巴地說，「嗯……程若青你……你認識嗎？如果是同一個公司的話，你應該會認識吧？」

「我不認識她。」江俊辰淡淡地說完又接著補充：「不過……這也是有可能的。因為出道藝人通常不會和練習生有太多接觸的機會，而且我們公司在男女藝人的管理上比較嚴格，除非是拍攝需求或是廠商合作，不然練習室跟休息室都是分開的，所以基本上沒什麼見面機會。」

聽了江俊辰的話，向天心若有所思地點點頭。

「昨天……的直播……你還留著嗎？」猶豫了很久，向天心最終還是結結巴巴地問了出口。

聞言，江俊辰卻露出一臉困惑的神情，低著頭點開了自己的手機，緩緩將畫面舉到向天心面前時，有些顫抖地說：「我們的粉絲專頁消失了。」

小心翼翼地接過江俊辰的黑色手機，向天心卻看見上頭顯示了自己的名字。

「昨天的直播，不知道為什麼變成了我們兩個的視訊通話。」

「怎麼會……？」向天心簡直不敢相信眼前所看到的一切，激動點開自己的通訊軟體，才發現她不但有江俊辰的聯絡電話，也確實如江俊辰所言，兩人昨天晚上有一通長達一個多小時的視訊通話紀錄。

「這到底是怎麼一回事？」

向天心頓時感到一陣天旋地轉，這下她是徹底糊塗了。現在在她和江俊辰身上發生的事，全都太不合理了。

「今天早上，我從宿舍房間起來的時候發現宿舍的格局完全變了樣。」江俊辰緩緩收回被向天心擱置在桌面上的手機：「除了我的房間以外，整個空間的格局都變了。SOLO 的周邊、專輯、海報全都憑空消失，就連其他房間裡的房客都變成我不認識的人，剛剛甚至還接到了自稱是房東的人打來催繳房租的電話，我完全不知道是怎麼一回事。」

「SOLO 的成員們呢？大家都消失了嗎？」聽了江俊辰的話，向天心睜大眼睛，露出一臉不可置信的表情。

「對。」江俊辰懊惱地點了點頭：「不只這樣，所有成員的聯絡方式、經紀人的聯絡方式也都消失了，就連我剛剛到公司都沒有半個人知道我是誰，掛在公司大門前的海報也被撤了下來。SOLO 好像在一夕之間就完全從這個世界上消失了一樣。」

聽了江俊辰的話，向天心顫抖地在搜尋欄位上輸入 SOLO，卻發現確實沒有任何符合的搜尋結果。她不死心，接著又在網站上一一輸入 SOLO 其他成員們的名字，緊接著……不可思議的事情發生了，連帶著傳入耳畔的歌曲，讓向天心徹底僵在原地。她沒有聽過這首歌，卻認得出這個聲音，在她抬起眼來的那一刻發覺眼前的江俊辰似乎也注意到了。

咖啡廳內播放著一首節奏輕快的流行歌曲，現在正演唱到了 rap 的部分，清晰的咬字和低沉的嗓音，很明顯就是 Jimmy 的聲音。

而向天心緊攥在手中的手機，畫面停在了寫有 SOLO 其他成員姓名的頁面上。

「包含李玉祥在內，Jimmy、秦皓宣跟白宇現在都是一個名為 Dream High 的男團裡的成員……」

江俊辰的聲音不大，聽在向天心耳裡卻宛若雷鳴。

因為她從來不曾想過自己竟然會來到一個—— SOLO 不復存在，而江俊辰也不再是偶像的世界。

與江俊辰在咖啡廳分開後，向天心便拖著疲憊的身軀在街上失魂落魄地走著，直到回過神來，才發現自己居然走到了鄭芮允工作的咖啡廳。

只是沒想到就連那間名為「耀眼如你」的咖啡廳，也在一夕之間改名。

「B612？不該是……耀眼如你嗎？」

正當向天心仰起頭，不知所措地望著那個掛滿燈飾的招牌發呆時，耳畔突然響起一道熟悉的聲音。

「不好意思，我們打烊了喔。」

「鄭芮允？」聞聲，向天心激動地將視線定格在門前舉著掃把的女人身上。

經過了一整天的衝擊，見到好友的向天心激動地哭著一把抱住對方，「妳都不知道我今天一整天到底都經歷了什麼。」

「不好意思，請問……妳是？」

從沒想過自己會被鄭芮允一把推開，向天心往後踉蹌了幾步，一臉錯愕地抬起頭來，接上的是一雙讓她感到無比陌生的眼睛。

從那個眼神，向天心讀出了一個重大資訊——鄭芮允並不認識她。

「妳……妳是哪位？怎麼會知道……我的名字呢？」

果不其然，鄭芮允露出一臉警戒的表情，眼神中充滿了不安與恐懼。

「是我啊……我是……我是向天心啊，妳……不認得我嗎？」

這怎麼可能呢……？

昨天還陪著她一起慶生的好友，現在居然認不出她來……這一切到底是怎麼了？

更荒謬的是，和江俊辰在咖啡廳坐不到半小時，江俊辰就接到一通來電顯示註記為：「店長」的來電。

對方在電話一頭一頓飆罵，說是江俊辰無故蹺班給自己添了不少麻煩，要他在半個小時內回店裡交接。

迫於無奈，江俊辰也只能暫時按照對方的話行動。

儘管約好一有什麼狀況就聯絡對方，可對於一覺醒來發生在兩人身上的巨變，向天心依然一頭霧水。

「不好意思，嚇到妳了……因為，妳跟我一個朋友長得很像。」

最終，向天心放棄了。

因為從鄭芮允臉上不知所措的表情來看，向天心明白不管自己再多說些什麼，對方都不可能會相信自己。

經歷了一整天的奔波還有反覆不斷的解釋，比起身體上的疲憊，心理層面受到的打擊讓她更加難以招架。若不是江俊辰也正與她經歷一樣的事，她應該會覺得是自己瘋了。

「沒……沒有關係，如果……沒有需要幫忙的地方，我就先進去忙了……」

露出一個驚魂未定的表情，鄭芮允轉身離去前又一次疑惑地轉頭瞅了向天心一眼，眼神中依然是滿滿的警戒。

這下……向天心是真的不知道該怎麼辦了。

拖著疲憊的身軀，一拐一拐地走在街上。

這裡依舊是她熟悉的生活圈，巷口的藥妝店、轉角的書局、公車站牌的位置，一切都沒有太大的改變，雖然仔細觀察是會發現一些細微的不同，但大致上都沒有脫離她的記憶太遠。

可她到底是誰？

這是截至目前為止，最讓向天心感到疑惑的問題。

若照程若青所言，她是從十三歲就開始在綺星娛樂當練習生的向天心。她的名字被登記在一檔幾天後就要開拍的女團選秀中，甚至沒有任何轉圜的餘地以及思考的空間……

在所有人眼中，她渴望著一個如今的她絲毫不感興趣的出道機會，就連……認識好幾年的朋友見到她都像看見陌生人似的？

這一切到底是怎麼一回事？

「嗚……還有違約金到底是什麼鬼啦……」向天心越想越委屈，好不容易才勉強打起精神，紅著眼睛哭哭啼啼地打開租屋處的門。

向天心本想縱身一躍癱在床上狠狠大哭一場，只是才踏進房間，她便注意到——房間內的格局與自己昨晚記憶中的很不一樣。

腦海裡又浮現江俊辰在咖啡廳對自己說的話：「今天早上，我從宿舍房間起來的時候，發現宿舍的格局完全變了樣……SOLO的周邊、專輯、海報全都憑空消失，就連其他房間裡的房客都變成我不認識的人……」

「嗚……我的海報……還有周邊呢！怎麼全部都不見了！」

也許是今天早上出門時太過匆忙，以至於向天心完全沒有注意到，貼在床頭櫃上的SOLO海報憑空消失了。取而代之的是一本綺星娛樂的練習生年度練習月曆，上頭用彩色筆註記各種零碎的瑣事……聲樂課、日常練習、Dream High演唱會諸如此類的。

向天心甚至訝異地發現堆放在牆角的兩箱泡麵，不知道從什麼時候變成兩箱青梅果醋飲，書桌上擺放的SOLO周邊也全部變成Dream High的海報、月曆，其中李玉祥的個人獨照被擺放在最顯眼的位子，桌面上還有一些散亂的文件、樂譜，以及填了一半的歌詞。

「嗚……到底為什麼會這樣！」崩潰地揪緊頭髮，在熟悉卻又陌生的租屋處內自轉了一圈，向天心突然想起今天早上匆忙裝入托特包內的面試資料，因為一路上太過緊張，所以她根本還沒有機會把檔案拿出來看。

慌亂地從包裡掏出那疊厚厚的資料，定睛一看才赫然發現，那哪是什麼面試資料啊，上頭清清楚楚寫著「綺星娛樂：練習生規劃表」幾個大字。

「瘋了吧！瘋了吧！」

激動翻閱的同時，文件裡卻唐突地掉出兩張裝訂在一起，有點厚度的A4紙。

頭昏腦脹蹲下身來，向天心用指尖輕輕撫過文件最下方的簽名，頭皮又一次傳來一陣酥麻的感覺，這已經不知道是今天第幾次全身起滿雞皮疙瘩了。

文件上頭的簽名確實是她的字跡沒錯，也就是說，她確實簽署了那檔選秀節目的拍攝合約。

在那份寫有「綺星娛樂2023『Galaxy Girl銀河少女』選秀拍攝合約」的A4文件中，向天心清楚看見了最底下載明的幾行黑色粗體字。

簽署此合約視同同意本人：向天心，願意配合本公司安排，參與2023年9月25日始錄製之女團選秀節目「Galaxy Girl 銀河少女」，且同意若非本公司另有其他規劃安排，或是認為該練習生因個人身體、心理狀況或其他因素不適合參與此節目錄製，而使其退出，練習生本人不得於簽署本合約後，因其他任何理由要求退出本節目錄製，否則須負擔本公司之製作費用、師資及營收等綜合損失，並給付本公司一百萬元之違約金，方始得申請退出「Galaxy Girl 銀河少女」之節目錄製。

訝異地摀住嘴，向天心簡直不敢相信自己親眼所見。

原來藝華姊和程若青說的都是真的……

在這裡……她確實不是自己記憶中的那個向天心了。

一覺醒來後，她來到了一個與她原本的生活相去十萬八千里的世界，她莫名其妙成為了綺星娛樂的練習生，而江俊辰則再也不是人氣男團 SOLO 中的成員……

不，應該是說在這裡 SOLO 是個不存在的團體，取而代之的是那個由李玉祥和撇除江俊辰以外的成員所組成的人氣男團 Dream High。

思及此，向天心著急地從口袋中掏出手機，下午和江俊辰在咖啡廳一別，兩人說好一有什麼狀況就要聯絡彼此。眼看也過了好幾個小時，不知道江俊辰那裡的狀況怎麼樣。

煩躁不安地點開通訊軟體，沒想到不但沒有看到江俊辰的訊息，李玉祥三個大字反而從提醒視窗上跳了出來。

妳今天怎麼不在公司？

十點半來一下公司後門的小公園，有好東西要給妳看。

在這裡……她和李玉祥是朋友嗎？

錯愕地看著那兩行訊息，向天心一時間也不知道該怎麼回覆，索性先滑到與江俊辰的聊天視窗，打出：「你那邊還好嗎？」幾個字，按下送出鍵後才又一次返回李玉祥傳給自己的訊息。

仰起頭來嘆了一口好長的氣，收回視線時，向天心的目光卻碰巧瞥見那張擱置在書桌前，李玉祥對著鏡頭笑容燦爛的照片。

有別於初次見面時的俐落紅髮，照片裡的李玉祥留著一頭切齊額頭的隨興瀏海，烏黑的細軟髮絲帶著些許慵懶，配上眼角的淚痣，讓他整個人看上去性感有型。

向天心記得，過去著迷於李玉祥魅力的粉絲，都會戲稱他為狼狗系偶像，因為微微下垂的眼尾總是透著一股淡淡的無辜，就像一隻可愛慵懶的大狗狗。

可是擁有這樣可愛外貌的李玉祥，偏偏是個行事作風都很率性、直爽的大男孩，就連聲音都是厚實低沉的金屬音，尤其是表演時時而凶狠時而溫柔的表情，更是讓一大群粉絲深深陷入他的魅力之中。

點開和李玉祥的聊天紀錄，向天心卻發現在這個世界裡，她和李玉祥的關係，似乎遠比自己想像中還要來得親密。

2023．09．11

向天心：今天去了一間咖啡廳，老闆娘好像是你們的粉絲喔！一整個下午都在放 Dream High 的歌。

李玉祥：是嗎？那妳也是我的粉絲嗎？

向天心：嗯，我應該可以算是白宇哥的粉絲。

李玉祥：不行。

向天心：為什麼？

李玉祥：妳只能是我一個人的粉絲。

2023．09．18

李玉祥：向天心，生日快樂！妳今天幾點結束練習？

向天心：我想再多練幾次……結束後應該快十一點。

李玉祥：好吧！那我去練習室外面等妳，我買了妳最喜歡吃的奶油麵包。
向天心：這個時間吃了會胖啦……
李玉祥：一天而已，沒關係的。

儘管聊天紀錄最早只到一個月前，可一來一往的問答間看得出兩人幾乎每隔幾天就會聯繫對方，對話內容甚至……還有些曖昧。

望著幾分鐘前最新收到的兩則訊息，向天心內心經歷了一番天人交戰，最終還是決定出門去見李玉祥一面。

心想如果是李玉祥的話，對於江俊辰過去的狀況，興許會有一定程度的了解。

想到這裡，向天心忍不住又低頭確認了一眼江俊辰是否有傳送訊息給自己，卻發現幾分鐘前發給對方的訊息旁，依舊顯示著未讀。

「他從下午開始是在忙什麼呢？」

儘管沒有收到回覆，出門前向天心還是決定飛快地輸入了一段訊息給江俊辰。

「我跟李玉祥聯絡上了……現在正要去綺星娛樂後門的公園見他一面。你那邊如果有什麼狀況記得聯絡我，我等你消息。」

按下發送鍵後，向天心紮起馬尾換上一身輕便的服裝，並且暗自下定決心，不管接下來會怎麼發展，她都不會再像剛剛一樣哭哭啼啼。

逐漸接受事實後，向天心明白這其中一定是有什麼誤會，或是她碰巧觸動了什麼不該被觸發的隱藏版超時空按鈕。不然這個世界上有那麼多人，為什麼偏偏是她和江俊辰？

坐著計程車前往綺星娛樂的路程中，向天心腦袋裡跑過千百萬種想法，就是想不透她到底為什麼會和江俊辰一起來到這裡。

在這個世界裡……雖然向天心心裡莫名有些排斥這個說法，但是比起被說精神分裂，她寧可相信是自己和江俊辰確實透過某種不知名的管道，來到一個與他們過去的世界全然不同的地方。

就這樣帶著一頭紊亂的思緒，好不容易在綺星娛樂的後門下了車，向天心懷著一顆無比緊張的心，緩緩移動到位於後門的公園。

雖說是公園，但這個時間其實沒什麼人會來，因為附近都是商業大樓，沒什麼住宅區。向天心過去不曾來過這個公園，一開始還很擔心以李玉祥的身分，若是在這裡和自己見面被認出來，一定會鬧出不小的風波。

不過，事實也證明是她多慮了，因為公園裡除了幾隻流浪的小貓外，半個人影也沒有。

愣愣佇立在約定好的涼亭，向天心還來不及掏出手機確認時間，就聽見不遠處傳來的叫喚。

「向天心。」

左右張望了一陣，向天心確認了聲音是源於自己身後，剛準備回過身，就感覺到背上襲來一陣暖意。

回過神來才發現，肩膀上架著李玉祥強而有力的手。

什麼！我們是這麼親近的關係嗎？

向天心沒忍住在心裡驚呼。

儘管表面上刻意讓自己保持著鎮靜，只是面對不過第二次見面，甚至還是偶像的李玉祥，她心裡其實非常緊張。

「妳今天很準時喔！平常都要我三催四請的才會來！」李玉祥沒有放開勾著她脖子的手，語帶笑意地說：「是不是太久沒見，所以想我了？」

「你……你別這樣……如果被別人看到了怎麼辦？」向天心掙扎著掙脫李玉祥的束縛，有些不自在地說。

見到她的反應，李玉祥並沒有理會，又一次將手搭上她的肩：「跟我來，我帶妳看一個東西。」

「什……什麼東西？」

不給向天心反應的機會，李玉祥調皮地摟著她的肩膀，蹦蹦跳跳地一個轉身，連拖帶拉地將向天心帶到涼亭後方的一棵老榕樹旁。

望著那棵看起來十分穩固的大榕樹，向天心還是沒弄明白李玉祥要她看的究竟是什麼。

「妳在看哪裡？不是那邊啦。」見到向天心一臉錯愕的表情，李玉祥有些失落地指了指榕樹根部的位置：「妳都忘記囉，三個多月前我們在這裡撒的葡萄種子，妳看發芽了欸！我前天來的時候發現的！」

怔怔往李玉祥手指的方向望去，向天心才赫然發現，在滿是雜草的榕樹根部，冒出了一株翠綠的小芽，只能僵硬地應了一句：「哇……真的欸。」

語畢，還不忘補上兩聲聽起來很尷尬的笑。

「妳知道這代表什麼嗎？」李玉祥一臉興奮地問。

微微晃了晃腦袋，向天心有些僵硬地直起身來：「代表什麼？」

「代表妳這次一定可以實現夢想，順利出道！」李玉祥的臉上漾起一抹大大的微笑：「當初在埋下那些種子的時候，我偷偷許了一個願，希望妳可以好好實現夢想，順利出道。沒想到它竟然就在那麼湊巧的時間冒芽了，不管怎麼看都是好預兆吧！而且……」

「許願……」

聽見關鍵字，向天心的腦海中突然跑過幾個一閃而過的畫面。

蛋糕、蠟燭還有昨天晚上在租屋處裡遭遇了那場唐突的停電意外……

在她許完願吹熄蠟燭的那一刻碰巧停電？然後一睜開眼，電腦畫面就從一開始的直播，切換成她和江俊辰的視訊頁面……？

會是巧合嗎？

昨天晚上，向天心一心都在為了視訊時和江俊辰結結巴巴的告白感到丟臉，所以絲毫沒把這件事情放在心上。

她昨天許了什麼願呢？

緊緊閉上雙眼，向天心開始在腦海中回憶，依稀記得自己似乎說了：想要去到一個……江俊辰也能一眼就能看到自己的世界。

「該不會……不……不可能吧。」

「什麼東西不可能吧？」

向天心的反應惹來了李玉祥的關切，他一臉不解地望著她，有些擔心地問道：「向天心，妳今天怎麼感覺……好像有什麼心事？」

「啊！」詫異地仰起頭來，目光碰巧撞進李玉祥那雙烏黑透亮的雙眸，還來不及閃避，向天心又一次感受到雙肩染上的溫度。

「身體不舒服嗎？」李玉祥雙手搭著她的肩，微微拱起膝蓋彎下身來，「是因為選秀日期快到了所以在緊張嗎？還是妳真的有哪裡不舒服？聽說妳今天沒有留在公司練習，很早就離開了，是不是真的出了什麼事？」

「我……」被圈在一個就連嚥口水的聲音都能清楚聽見的範圍，向天心掙扎著別過頭去。

「李玉祥？」

不遠處響起的熟悉男聲，宛若浮木般拯救了困窘不已的向天心。

儘管對方聲音不大，李玉祥還是迅速地別過頭去，極力避開與對方四目相交的機會。

有別於李玉祥的躲閃，向天心倒是很快就認出來者。她大大方方地轉過身去，只見江俊辰穿了一身全黑休閒服，踩著一雙有些破舊的帆布鞋，有些遲疑地往兩人的方向邁開腳步。

「向天心，如果對方是狗仔的話我們就完蛋了……」李玉祥伸出手扯了扯向天心的衣襬，「快點跟我來……」

一把將向天心拽進自己懷裡，李玉祥迅速將身上的運動外套脫下，一個側身輕巧地蓋在向天心頭上，清爽的佛手柑香水味夾雜了淡淡的衣物柔軟精味道猛然竄入鼻腔。在李玉祥企圖拉著她迅速穿過涼亭旁的通道躲避時，向天心卻始終一動也不動地僵持在原地。

「走啊……」李玉祥有些急了，似乎不是很明白為什麼向天心會是這樣的反應。

「是江俊辰。」

雖然從李玉祥剛剛的反應來看，向天心大致猜到在這個世界裡，李玉祥和江俊辰不再是過去那樣熟識的關係，可她還是堅定仰起頭來，直視著李玉祥的眼睛說：「不是狗仔，是江俊辰。」

「江俊辰？」

露出一臉狐疑的表情，李玉祥遲疑地朝來者的方向望去。

感覺到對方似乎刻意放慢了腳步，向天心不禁心想，今天一整天下來，江俊辰受到的驚嚇應該不亞於自己。於是在江俊辰往兩人的方向緩慢移動的過程中，她也朝他的方向邁開腳步。

開闊的夜空下灑落一抹寂靜純白的月光，將江俊辰的影子在公園的碎石路上越拉越長。

在那樣短暫的瞬間，向天心似乎感覺到，好像有些什麼……已在無形之中悄悄打破了平衡，很抽象，卻難以被忽視的感覺，讓她頓時有種站在懸崖邊上的猶豫。下意識地停下腳步，眼角餘光卻忍不住停在江俊辰不斷往前邁進的破舊帆布鞋上。

同樣都是站在懸崖上的人，現在的他心裡又在想些什麼呢？

仰起頭來接上他目光的那刻，向天心輕喚了一聲：「江俊辰。」

她的聲音很輕，但是她很確定，江俊辰聽到了。

腦海中閃現過去無數個夜晚，獨自一人坐在那間窄小租屋處，面對那臺老舊到有時還會卡頓的電腦的畫面……

她喜歡讓 SOLO 的歌聲充斥於那個狹窄卻只屬於她的空間，她可以自在地隨著每一首歌的節奏舞動，在激動的時候高喊江俊辰的名字，興奮地在一首歌結束後自言自語地對著空氣說著許多事，也許有一天自己也能站在偶像面前，親口告訴他的話……

身為追星女孩，向天心明白一個對著星空許願的人，心裡最微小也最深層的渴望，所以她有些害怕，她不確定當江俊辰走到她面前停下時，有沒有辦法理解，為什麼現在的自己眼裡會閃著淚光。

即使在這裡……他不再是星星，但在向天心眼中，他依舊是最耀眼的存在。就連望著他微微牽起嘴角的樣子，都讓她激動得想要落下淚來。

「對不起……沒有經過妳的同意，我就擅自跟過來了。」江俊辰臉上帶著一抹靦腆的笑，「剛剛看到妳的訊息，我就迫不及待地想要來找妳。」

江俊辰的聲音一如既往地溫柔，溫柔到向天心幾乎不敢相信他是真的……是真的，站到她面前了。

微微抬起眼來，向天心卻訝異地發現，江俊辰的目光，緩緩落到了李玉祥身上。

空氣中瀰漫著一股淡淡的尷尬，下一秒，她卻從李玉祥臉上看見一個極度不自在的表情。
只見李玉祥僵硬地扯了扯嘴角，正眼也沒瞧江俊辰一下，轉頭望向向天心，一臉不滿地問：「妳跟這傢伙……還有在聯絡？」
「……這傢伙？」
這又是怎麼一回事？
本來以為只是不像過去交好了……沒想到竟然是仇人嗎？
江俊辰似乎也對李玉祥的反應感到困惑，尷尬地撓了撓後頸，有些結巴地問了句：「這段時間……你過得還好嗎？」
「我過得……還好嗎？」
有別於江俊辰平穩的聲音，李玉祥的語氣充滿了濃濃的敵意，說話的同時還不忘狠狠白了江俊辰一眼。
「你又想幹麼？借錢？還是你又想裝無辜、裝可憐，讓向天心心軟？從你十三歲決定不繼續當藝人，想過普通人的生活開始，我們就不該再有交集！不管是你跟我，還是你跟向天心……江俊辰，我警告你，向天心的夢想一直以來都是成為偶像出道，你知道因為你的關係，她已經錯過一次機會了！如果這次又因為你擋在中間攪局，害她無法實現夢想，我一定，不，是絕對！絕對不會輕易放過你！」
李玉祥越是激動，江俊辰臉上的表情就越是困惑。

「喂，你別這樣……」

雖然不明白李玉祥為什麼生氣，但向天心實在不忍心看著江俊辰這樣受委屈，一把拽住李玉祥的衣角。

「妳到現在還要幫他說話嗎？」

岔岔別過頭來接上向天心的目光，李玉祥似乎也意識到是自己太過衝動了，頓了頓，稍微平緩了情緒才接著說：「向天心，妳現在不應該再分心了，尤其是為了這種不重要的傢伙。」

最後一句話李玉祥說得很輕，聽在向天心耳裡卻感覺格外刺耳。

「不重要的傢伙？」

即使根本不明白兩人之前究竟結下什麼梁子，向天心一時間也很難控制心底猛然竄起的怒火。

「你夠了沒有！綺星娛樂的練習生就比較高貴了？還是你覺得自己是偶像就可以這樣目中無人？」

沒有經過太多思考便脫口而出的話，往往只會讓原本就僵持不下的場面，更加複雜難解。

李玉祥的眼神裡帶著濃烈的憤怒與委屈，只見他尷尬地扯了扯嘴角，來回望著眼前的向天心和江俊辰。

「我……不是……這個意思……」意識到自己說錯話的向天心著急地想要

挽回，腦袋卻紊亂地說不出一句完整的辯解。

對於向天心的選邊站，李玉祥似乎真的很受傷，將憤怒與不滿裝填進那雙本就銳利的眼眸，看起來就像一隻受了傷還忍痛舔拭傷口的狼。

凶狠地怒視著江俊辰，李玉祥伸出食指在空中僵硬地比了幾下，語帶顫抖地說：「我警告你！沒事最好不要再讓我看到你！從你選擇放棄的那一刻起，還有你讓向天心受傷……差點不能再跳舞的……那一刻起，我們……就不該再是可以面對面相互寒暄的關係。」

語畢，他緩步走向前，用力地戳了戳江俊辰寬厚的肩：「請記住你現在的身分！江俊辰，當初是你放棄了，這是你自己做的選擇，而現在的你就只是一個沒出息的……在便利商店半工半讀的窮學生，而她……」說著，李玉祥往向天心的方向用力地指了指：「是比誰都還要努力追夢的人……所以，能滾多遠滾多遠，如果你還有一點良心的話。」

儘管很想再說些什麼，眼前卻絲毫沒有她插話的餘地。

不知所措地在一旁望著氣急敗壞的李玉祥，以及一旁愣愣低著頭不吭氣的江俊辰，向天心完全沒有預料到接下來居然會從江俊辰口中聽見這樣的話。

「我知道了，不好意思是我沒搞清楚狀況，真的很抱歉。」

怔怔抬起眼來，只見江俊辰俐落轉身，頭也不回地邁開腳步消失於公園盡頭。

「傻眼，他到底在發什麼瘋啊？」

沒有理會李玉祥一臉不屑的哼氣，向天心沒有半點猶豫，邁開腳步往江俊辰的方向追去。

「喂，向天心……」

李玉祥顫抖的聲音落在她身後，也不管自己這樣做是否會傷害到他。

此刻，向天心很清楚她目光所及、內心所想的，都只有江俊辰。更何況他們現在還面臨了相同的窘況，她當然不能就這樣放著他不管。

好不容易追上對方，向天心氣喘吁吁地喚了聲他的名字。

「江俊辰，等一下！」

背對著她，江俊辰終於在距離公園不遠處的河堤步道旁緩緩停下腳步。

「你……你沒事吧？」

小心翼翼地繞到他身後，猶豫了很久，最後她還是輕輕將手搭上江俊辰微微垂下的肩。

儘管非常努力說服自己，江俊辰下了舞臺後，就和一般人沒有什麼不同。但每每和他搭話時，向天心的腦袋就會打結，反反覆覆找不到一個平衡點。

就像現在這樣，即使兩人之間的距離不到一公尺，向天心就是有種他們好像不是處在同一個時空的虛幻感……

「這是我……」

過了很久之後，江俊辰才緩緩開口：「隔了一年多再次見到李玉祥……自從他退出選秀，我成為SOLO的成員出道後……我們就沒有聯絡了，所以才會在收到妳的訊息時……急急忙忙跑來這裡……」

接上他微微泛紅的眼眶，向天心感覺自己一顆心全都揪到了一起。

「他剛剛說的那些……你就別放在心上了吧……畢竟我們現在……」

「他是我從很小的時候就認識的朋友……我們從進入綺星娛樂當練習生開始，就約好了一定要一起出道……」

打斷了向天心的話，江俊辰顫抖地說。

「我不知道我們為什麼會來到這裡……也知道剛剛和我說那些話的人……不是我原本認識的李玉祥……就好像……一覺醒來，就接手了一個素未謀面的人的人生一樣。」

聞言，向天心詫異地仰起頭來。

今天一整天，她一直在思考該怎麼解釋現在的狀態，沒想到江俊辰竟能形容得如此貼切。

儘管在這裡，他們依然還是向天心和江俊辰，可他們的過去卻在無數選擇的分歧間產生了交錯。

在這裡，向天心不是追星宅女，而是擁有出道夢想的練習生；而江俊辰也不再是擁有萬丈光芒的偶像，只是個平平無奇的打工族。

這不是他們原本的人生，而是另一個向天心和另一個江俊辰在這個世界裡做出了無數選擇後，和他們的世界產生的剝離時空。

「今天和妳在咖啡廳分開以後，我在租屋處附近的便利商店上了一整個下午的班，來店裡消費的客人沒有一個認出我來……」

在河堤邊的斜坡上坐了下來，江俊辰淡淡地說。

「……是嗎？」

就這樣和江俊辰隔著不到一公尺的距離靜靜坐著，向天心非常努力讓自己不要表現得太過慌亂，一雙眼睛始終不敢往江俊辰的方向望去，只能透過眼角餘光感受他的一舉一動。

「妳呢？今天一整天，有什麼發現嗎？」

「我……我嗎……」雖說不想表現得慌亂，但向天心很清楚自己應該還需要很長一段時間，才能適應兩人現在的身分還有狀態。

清了清喉嚨，向天心效仿江俊辰微微仰起頭來，竭盡所能用平緩的語氣說：「在這裡……我是綺星娛樂的練習生，跟李玉祥還有你……是認識很久的關係，可是我們之間具體發生了哪些，還有……李玉祥對你為什麼會是這樣的態度……我還不是很明白。」

斷斷續續說完，向天心用眼角餘光感受到江俊辰似乎默默點了點頭。

「原來是這樣。」溫柔的聲音帶了些許嘶啞的喉音，讓向天心沒忍住渾身一顫。

她是真的很喜歡江俊辰的說話方式，他的聲音、語氣還有語速。

「老實說……我還是搞不明白，為什麼偏偏是我們？」仰起頭來望著今晚綴滿星星的夜空，向天心淡淡地說：「更沒想過一覺醒來……我居然會來到一個沒有 SOLO 的世界。」

聞言，江俊辰淺淺地笑了：「我也從來沒想過……有一天我會在便利商店裡收銀結帳……還因為動作太慢，一直被老闆罵。」

在說這些話時，向心沒忍住往江俊辰的方向望，一般人在說這些話的時候會露出這樣的表情嗎？

不知道為什麼，向天心感覺和自己比較起來，江俊辰好像並不是很急著想找回自己原本的生活。

「當偶像很辛苦吧？」

話才剛出口，向天心卻突然覺得自己不該這樣問，重重拍了拍自己的頭：「哎呀……我在說什麼，當然很辛苦啊，每天要待在練習室練習到那麼晚，還要控制飲食、被私生飯騷擾……想想都覺得很辛苦。」

見到她的反應，江俊辰臉上的笑意又更深了。他微微將頭轉向向天心的方向，目光真摯得讓她一時間有些不知所措。

「謝謝妳。」他說。

江俊辰溫暖的聲線傳入耳膜，向天心下意識摀住嘴，眼神閃躲地問了一句：「謝……謝什麼？」

「喜歡我。」

心跳差點當場停止，還好她的沉默並沒有讓現場的氣氛變得尷尬，因為江俊辰又接著溫柔地開口：「我時常對於喜歡我們的粉絲感到好奇……時常會想著，他們為什麼會喜歡我？為什麼願意這樣默默支持著我？雖然其中一定也有辛苦的部分，也會有很無力的時候，但是對於願意支持著我還有 SOLO 的粉絲，我一直都是很感激的。因為在我眼裡……願意為了別人的夢想鼓掌的人，都是非常偉大的一群人……所以……謝謝妳。」

沒有注意到身旁的向天心早已紅了眼眶，江俊辰接著問道：「妳的名字，叫做向天心嗎？」

微微拭去眼角滲出的淚，向天心用力地點了點頭，因為哽咽而發出的「嗯」聽起來既滑稽又彆扭。可江俊辰似乎一點也不介意，他依然笑著，溫柔望著向天心的側臉。

「是個很好聽的名字呢。」

江俊辰的溫柔，讓向天心感到左邊胸口一陣悶脹。

她心裡很清楚，這些年江俊辰應該也承受了不少壓力。不管是躲在宿舍門口堵人的私生飯，還是在網路上惡意詆毀的黑粉，甚至是前一天還是粉絲，隔一天卻突然因為不實消息而跟風罵街的網友。

可最後……江俊辰卻依舊還是選擇帶著溫柔，用真心去感謝那些支持著自己、愛著自己的粉絲，用始終如一的真摯與溫暖，就像那天無意間走進麵包店裡的翩翩少年，即使素未謀面，周圍也沒有架設任何攝影鏡頭，江俊辰還是願意對櫃檯前餓著肚子打工的少女伸出援手。

向天心相信，不管對方是誰，只要是需要幫助的人，江俊辰定會毫不猶豫地出手相助，因為他就是一個全身上下都散發著溫暖氣息的少年。有人說他能夠出道全靠運氣，因為跟他同期的練習生有很多人比他還要更有實力，但是向天心卻覺得，江俊辰之所以幸運，是因為他一直保持著一顆單純善良的赤子心，一個渾身充滿正能量的男孩，是很難不在人群中被發現的。

因為時間久了，可能就連男孩自己也沒注意到，他一直在發光。

即使沒有了過去的偶像光環，在向天心眼中的江俊辰，依舊閃爍著耀眼的光芒。

「你會希望……這一切可以盡快恢復原狀嗎？」

面對這個問題，向天心心裡其實有些矛盾，所以她將問題拋給江俊辰。

撇過頭來接上向天心的目光，這是他們今天晚上的第一次對視。她直視著江俊辰一雙溫暖平靜的眼眸，靜靜等候著他的回應。

「我其實……」輕啟脣瓣，江俊辰的語調很輕：「也不是很確定……因為我這輩子，似乎從來沒有除了舞臺以外的選項……現在發生的一切，對我來說更像一場夢……」

向天心的腦海裡浮現江俊辰在直播中說的那些話，從八歲就進入演藝圈的他，似乎真的從來沒有過除了舞臺以外的選擇。

「妳呢？」

見她遲遲沒有回話，江俊辰語氣溫柔地反問。

「我嗎……？我想我應該……還是會試著找找看回去的方法吧。」

向天心其實很想好好把握這個晚上與江俊辰短暫相處的片刻，因為她也不確定隔天一早醒來，自己會不會再次變回原本的向天心，成為那數萬分之一個，只能遠遠遙望著他的粉絲。

「是嗎？」江俊辰表示理解地點了點頭：「時候不早了，我送妳回去吧。」

「啊？」

心跳冷不防地又漏了一拍，畢竟向天心還真沒想過有生之年可以從江俊辰口中聽到這樣的話。

「沒……沒關係，這樣……太麻煩你了。」儘管心裡很高興，但向天心覺得如果真的答應了，對江俊辰似乎不好意思。

「不麻煩，畢竟我現在也不是SOLO的江俊辰了，妳就把我當作……」江俊辰偏著頭燦爛地笑了一下，「平凡普通的大學學長……？」

不不不，如果是江俊辰的話，即使只是大學學長也不可能會「平凡普通」的。

笑著搖了搖頭，向天心語帶笑意地揶揄道：「即使你只是個平凡普通的大學學長，我也不敢讓你送我回家，因為你一定會是全校最搶手的學長。」

刻意放慢腳步，和江俊辰並肩走到公車站。

向天心仰起頭來看了一眼頭頂上的公車站牌：「如果……明天一覺醒來，一切依然維持原狀，你還是……要去超商上班嗎？」她淡淡地問。

「妳沒提醒我還真的都忘了。」江俊辰笑了笑，從口袋中掏出手機，「我甚至連早班、晚班的時段都搞不清楚……」

搭上返回租屋處的公車，江俊辰將窗邊的位子讓給了向天心。

沿路上兩人不再交談，江俊辰時不時就會望著窗外發呆，不知道在想些什麼。

就這樣，公車緩緩在向天心租屋處附近的公車站停下，江俊辰不發一語地陪著她下車。

「我家就在這條巷子後面。」

依依不捨地回頭對著江俊辰說，本來還想開口要求陪著對方在公車站等車，只是最後還是拉不下臉來。

「嗯，今天一整天辛苦了，早點回去休息吧。」帶著淺淺鼻音的嗓音依舊溫柔，在向天心轉身離去前，江俊辰卻像突然想起了什麼，著急地追問：「那個……或許……我能為妳做些什麼嗎？」

「啊？」愣愣地回過頭，向天心不解地望向那張白淨俊朗的臉龐。

靦腆地笑了一下，江俊辰不好意思地撓了撓後頸：「因為妳說過妳是SOLO的粉絲……」

「啊——」花了很長的時間才理解江俊辰的意思，向天心匆匆忙忙從包包裡翻出一本她從沒見過的筆記本，隨便翻到一頁空白的頁面舉到江俊辰面前：「如果可以的話……請幫我簽名……我……我其實幾個月前有去SOLO出道兩週年的見面會……本來以為可以上臺跟你們要簽名……結果……」

熟練地接過向天心手中的筆記本，江俊辰臉上又一次浮現那抹耀眼的笑容，精準捕捉到那對可愛梨渦，向天心激動地難以移開目光。

即使是夢又怎麼樣？

這可是她一人獨享的見面會啊……

想到這裡，過去獨自一人在電腦前對著SOLO的舞臺又叫又笑的畫面再一次浮現腦海，還有那個人潮洶湧的簽唱會現場，她和鄭芮允為了將親手縫製的布偶熊交到偶像手中，跌得四腳朝天的場景……

所有回憶蜂擁而至，讓她激動得又一次紅了眼眶。

在江俊辰面前，她的情緒起伏總是很大，即使非常努力壓抑，好不容易按捺住的情緒，頃刻間就會像遭遇風暴的渡船，在洶湧的波濤間來回擺盪。

「向天心，很高興可以見到妳。」將筆記本交還給向天心時，江俊辰語帶笑意地說。

清朗開闊的夜空下，這句話彷彿匆促畫過天際的流星，當光芒灑落於向天心身上的那一刻，她終於按捺不住心底翻湧的情緒，猛地仰起頭來。

「我會一直一直喜歡你。」

向天心一個箭步往江俊辰的方向邁去。

那天在見面會上沒能親口告訴他的話，此刻，她想毫無保留地全部告訴他：「你是一個……總是能讓身邊的人，還有螢幕前的粉絲感覺到溫暖的人，所以我真的希望……在做每一件事情的時候，你都可以感覺到幸福，喜歡舞臺就盡力發光，如果真的覺得累了……不想再繼續當偶像了也沒有關係，只要你可以過得好，我，還有所有支持你的粉絲……都會盡全力支持你想做的事！真的！只要你可以過得幸福就好……真的。」講到激動處，向天心沒忍住哽咽，淚水沿著兩頰不住地滑落。

她覺得很丟臉，只能不斷在心底安慰自己，對於粉絲這樣哭哭啼啼的告白，江俊辰應該見怪不怪了吧。

這一次沒有時間限制、沒有網路卡頓，向天心終於一口氣把這段日子想對江俊辰說的話通通告訴了他，她心裡感到痛快，卻也同時感到難過。不知道為什麼，有一股濃烈的情感在心底翻湧，讓她有些反胃。

「即使明天……一切都恢復了原樣，我也一定會記得今天妳在這裡對我說的這些話。」

江俊辰最後這樣對著她說，帶著淺淺鼻音的溫柔聲線還夾帶了幾許沙啞。

「向天心，謝謝妳喜歡我。」

拖著疲憊的身軀回到租屋處，江俊辰和自己說的那些話不斷在耳畔縈繞。今天一下面對太多衝擊與壓力，向天心本想一回到房間就立刻爬上那張柔軟的單人床，怎料才剛爬上樓，就見自己房門外掛了一個包裝精緻的紙袋。

「這是什麼？」

好奇地往裡頭望了一眼，紙袋裡的巧克力蛋糕包裝精巧，上頭還留了一張紙條，署名不是別人，正是一個多小時前和自己鬧得不歡而散的李玉祥。

「我來妳家等不到妳，這是今天本來要拿給妳的蛋糕，順便送上一句遲來的生日快樂，希望接下來一切順利。
Ps.到家再和我說一聲，by李玉祥。」

狼狽的翻開通訊紀錄，向天心一眼就看見李玉祥約莫二十分鐘前傳來的訊息。

「妳到家了嗎？」

「江俊辰那傢伙現在還跟妳在一起嗎？」

猶豫了許久，向天心還是決定長話短說，愣愣地輸入一句「我到家了。」便再次將手機收回口袋，提著那個精美的蛋糕提袋，一身疲憊地推門走進房間。

將蛋糕隨手往書桌上一擺，拖著沉重的身體慵懶躺上床，肩膀上的提袋順著肩膀滑落，因為托特包的開口沒有完全密合，包裡的東西也跟著隨意散落在床上，連帶那本剛才拿給江俊辰簽名的筆記本。

沒有理會四散周圍的瑣碎物品，向天心捂著臉開始回憶從昨天晚上到今天自己經歷的一切。

她到現在都還不敢相信，距離昨天只不過過了一天的時間。僅僅只有一天，她周圍的一切卻全都亂了套，從昨天那場直播開始……一切的一切，都變得複雜混亂……不管是她的練習生身分，還是橫亙於江俊辰和李玉祥之間讓人摸不著頭緒的過去。

「向天心啊向天心……妳到底都做了些什麼……」崩潰的一個翻身，手肘卻不小心將那本筆記本推下了床。

哀怨地嘆了一口氣，她心不甘情不願地彎下身來將之撿起，正準備將它隨手放在床頭櫃上，卻不小心瞥見筆記本上密密麻麻的字跡。

「這些是……什麼？」

錯愕地從床上坐起身，向天心開始翻閱起那本寫有她姓名，卻讓她感到十足陌生的內容。

上頭標記著她生日前一天……也就是九月十八日。

「再一週後就要參加選秀了……最近每天都留在練習室裡瘋狂練習，但是狀況實在不理想……

明天要滿二十三歲，卻沒有過生日的心情，就連李玉祥說要去之前約好的景觀餐廳慶祝，也提不起勁來。膝蓋的傷勢不知道為什麼又開始發作了……明明知道這件事不能怪任何人，但我真的希望可以讓我挺過這一次的選秀就好，就像若青說的……以練習生來說，我們已經不年輕了，如果錯過這次機會……恐怕再也沒有辦法實現夢想。

我實在沒想過除了唱歌、跳舞之外我還能做些什麼……好像出道就是唯一的救命索，一旦錯過了……就再也沒有機會。

有時候我很羨慕李玉祥，在最好的年紀出道，可有時候又很羨慕江俊辰，雖說我們都是童星，可是這些年卻走向三條全然不同的道路。自從十三歲那年江俊辰的父親決定讓他放棄和綺星簽約，過上普通孩子的生活，我們三個就不再是當年的我們……我不知道江俊辰是否後悔過，但是至少一年多前叔叔生病住院的時候，他可以伴他最後一程……

最近媽媽打電話來，我其實都很想哭……但是我知道這是我自己的選擇，也是我的夢想，所以更不能讓他們擔心和失望。

真心希望今年可以順利出道，如果出道了……對所有人應該都會是解脫吧。」

愣愣地讀完那段文字，向天心忍不住又往前翻了幾頁，絕大多數都是記錄下每天的練習狀況，還有可以改進的地方，內容也不脫那幾個人名……

透過這本日記，向天心確定了，這一切確實與她的過去產生了分歧，也就是說這是屬於另外一個向天心的日記。一個和她長得一模一樣，卻擁有完全不同人生的向天心，只是不知道為什麼她卻荒唐地取代了她的人生。

從日記裡的內容來看，向天心感覺日記的主人應該是喜歡李玉祥的，李玉祥做過的每一件事，她都會詳細記錄下來。只是最讓向天心感到疑惑的是，日記裡提到的膝蓋有傷是什麼意思？……不怪任何人又是什麼意思？

李玉祥今天晚上揪著江俊辰脖子說出的那段話，在她的腦海裡響起。

他說向天心曾經因為江俊辰的關係……錯過了一次出道機會？這段話代表什麼呢？難不成日記上說的那些和江俊辰有關？

思及此，向天心顫抖著從背包裡撈出手機，滑開網站輸入自己的名字。

網路上並沒有太多資料，她看見了幾則最近的娛樂新聞，大部分都是公司為了幾天後的選秀節目在做宣傳。畫面中的她因為畫了專業的妝，也穿上了專業造型師規劃的選秀團服，那個站在海報中央微笑的少女，讓向天心感到異常的陌生……可是除此之外，再也找不著其他資料了。

剩下的那些，還是得靠自己去尋找……

將目光從手機上收回的剎那，向天心的眼角餘光掃到那袋方才被自己隨意擱置在書桌上的蛋糕。緩步走下床，她輕輕將那塊用透明包裝盒小心盛裝起來的巧克力蛋糕取出。

書桌上碰巧有一盒尚未開封的火柴，將店家附贈的蠟燭插在蛋糕上，向天心決定要賭一把看看。

點燃的燭火讓裝了白色日光燈管的租屋處，瞬間染上一抹橘紅色的光暈。

在向天心的印象裡，事情好像就是這樣開始的……

怔怔望著面前搖曳的燭光，微微瞇起雙眼，她對著那塊精緻可口的圓形蛋糕許下願望。

「我希望……所有的一切都可以恢復原狀。」

吹熄蠟燭的那一刻，向天心暗自在心裡發誓，如果隔天醒來，一切都沒有回到原本的樣子……那麼她也不會再退縮逃避，既然成為偶像出道是住在這個房間裡的向天心的夢想，那麼她會為了她放手嘗試一次……

畢竟現在的自己確實霸占了她的人生……

那個讓她感到陌生，同時卻又羨慕不已的人生……

第三章　新的開始

隔天清晨，向天心不是被鬧鐘喚醒，而是床頭櫃上震動不止的手機。

睡眼惺忪地滑開接聽滑軌，傳入耳畔的是程若青的聲音。

「喂，向天心，我昨天傳訊息給妳妳怎麼都不回呢？」沒等向天心回應，程若青又接著說：「妳不會還在睡吧？今天九點要進練習室排練，然後準備一下，下午就要搬進宿舍了，妳東西都打包好了嗎？上次拜託妳買的青梅醋不是一直讓妳趕快搬來公司放嗎？齁，妳老是這樣，跟練習無關的事情就一直拖……算了，我看今天應該也沒時間搬，總之妳趕快整理一下，對了……妳身體有舒服一點嗎？昨天離開公司的時候我跟警衛伯伯打招呼，他還問我妳是不是身體不舒服，說妳昨天穿了一套很正式的面試服裝衝進公司……」

聽著程若青一股腦地說了一堆短時間內腦袋難以消化的資訊，向天心只覺得一陣暈眩。

最後，她掙扎地對著電話一頭問了句：「嗯……現在幾點了？」

「現在？」面對向天心的疑惑，程若青有些不滿：「哇！向天心妳不要告訴我已經七點半了，妳才剛剛起床喔。」

「七點半……？」

大學時除了早八課堂，向天心還真沒有在這個時間清醒過。

握著手機哀怨地望了一眼從窗外透進室內的陽光，向天心重重嘆了口氣，對著電話一頭的程若青說：「我準備一下……等一下再打給妳。」

掛上電話後，隨手將手機覆在一旁的被褥上，向天心怔怔環視了一圈租屋處內的布局……

書桌上還擺著昨晚沒來得及丟的蛋糕提袋、李玉祥的個人照、Dream High的海報、專輯，還有那本高高掛在床頭的練習生日誌……

一切的一切都還是和昨天一樣，什麼也沒有改變。

用力嘆了口氣，她放任自己坐在床上發呆了很長一段時間，直到手機螢幕再次亮起一條程若青傳來的訊息。

「妳最近實在太不讓人放心了，幫妳列了要帶進宿舍的物品清單，等一下用行李箱裝了一併帶來公司，還有……我不知道妳這幾天心裡在想什麼，可是我們一起練習了這麼久，我比誰都還要更清楚妳到底有多努力，又有多想出道，一路走來是很辛苦沒錯，但是都已經苦了這麼久，眼看夢想都已經近在眼前了，我絕對不容許妳在這個時候跟我說要放棄。當初妳連膝蓋受傷都這樣一路復健、練習，咬牙挺過了！這些妳難道都忘了嗎？」

沒有回覆程若青的訊息，向天心用力做了一個深呼吸的動作。

好吧。

事已至此……那就接受它吧。

俐落地將頭髮盤起，快速地結束盥洗，依照程若青的指示將一些基本的個人物品、樂譜、營養品通通塞進那個並不屬於她的特大粉紅色行李箱中。

「嗯，反正不過就是參加個選秀嘛，還能糟糕到哪裡去。」

將行李箱扛上計程車的後車箱，向天心最後回顧了一眼位在公寓四樓的租屋處。

在計程車轉進衛接綺星娛樂的路口前，口袋裡的手機又震動了一下，她本以為是程若青，沒想到打開一看才發現螢幕上亮起的是江俊辰的名字，而且居然還不是訊息……而是通話。

望著那個讓人既陌生又熟悉的姓名，向天心腦海裡浮現昨天下了公車後，在家門前對著江俊辰哭得一把鼻涕一把眼淚的模樣，忍不住懊惱地緊緊咬住下脣，和江俊辰成為可以輕易聯絡上彼此的關係，是她這輩子想也不曾想過的事。向天心縱使感到幸福，隨之而來的也有恐懼，不清楚事情還能失控到什麼地步的感覺，總是會在一些莫名其妙的時刻警醒著她。

顫抖地滑開接聽滑軌，江俊辰的聲音從話筒另一端傳出，讓向天心禁不住肩頸一顫，耳根也跟著微微發燙。

「喂，抱歉這麼早打電話給妳，我吵醒妳了嗎？」江俊辰帶著淺淺鼻音的聲線傳入耳畔，讓向天心原本低落的心情獲得緩和。

「沒……沒有，我……現在正準備進公司，雖然很荒唐，但因為一覺醒來後什麼都沒有改變……所以似乎也只能暫時維持現狀……」望著車窗外綺星娛樂的灰白色大樓，向天心結結巴巴地說。

電話一頭傳來一陣很長的沉默，江俊辰現在似乎也不在家，向天心聽見了大眾運輸的廣播聲，還有人聲混亂、嘈雜的環境音，如果沒有猜錯，江俊辰現在應該在車站。

「我現在正準備要回老家一趟……」果然不出向天心所料，江俊辰旋即開口揭示了自己的目的地：「昨天晚上回宿舍發現了一些東西……剛好今天超商也沒有班，就想說可以回家看看。」

「是嗎？」下了計程車，向天心站在面對公司大樓的方向，心裡有些猶豫，最後還是決定開口：「……你會回去很久嗎？」

沒有讓向天心懸著一顆心太久，江俊辰淡淡地說：「我今天晚上就會回來。」隨即又補了一句：「如果方便的話……今天晚上能見妳一面嗎？我可以去公司附近找妳。」

「當然可以。」才剛吐出這句話，向天心便意識到自己似乎表現得太過興奮了，清了清喉嚨接著說：「但是我今天就要搬進公司宿舍了……也不確定會忙到幾點，不管怎麼樣……我今天晚上都會試著出去見你一面，地點就定在昨天的河堤邊吧……」

「好，我會等妳訊息。」

江俊辰的語氣雖不帶任何情緒，可聽他這樣說，向天心的心跳還是不爭氣地漏了好幾拍。

就連掛上電話過了好一陣子，她似乎都還能感受到江俊辰那句帶著淺淺鼻音的「再見」。

愣愣將手機收進口袋，向天心最後一次抬頭望了一眼面前那棟帶著濃濃科技感的娛樂公司大樓，用力吸了一大口氣。她不再遲疑，拖著行李箱，抬頭挺胸地闊步走了進去。

早早抵達練習室，程若青見到她時甚至露出一抹感動的微笑，敞開雙臂硬是給了她一個充滿汗水的熱情擁抱：「我還以為妳會跟昨天一樣姍姍來遲呢！看來妳最後還是想通了。」

尷尬地回擁著對方，向天心依然還有些不習慣，從程若青對待自己的方式來看，她應該真的非常喜歡自己——喜歡那個把出道當作唯一夢想的向天心。

「妳……妳這麼早……就開始練習了啊？」僵硬地把行李箱擺到練習室後方的空位，向天心有些生硬地問。

沒想到這一問又惹來程若青不解的驚呼：「早？這是一個每天六點就進公司，一路練到晚上十點的人該對我說的話嗎？」

唉，向天心知道要習慣這個勤奮的人設，恐怕還要一段很長的時間。

對此，她只能尷尬地扯了扯嘴角，隨著程若青的腳步走到練習室的鏡子前準備。

只是才剛看到鏡中的自己，向天心很快便意識到另外一個問題……

跳舞？跳什麼舞？她根本什麼動作都不知道啊！

「來吧！主題曲從頭來一遍，後天就要實戰了，我昨天居然還夢見自己在舞臺上跳錯動作，嚇得我直接沒辦法睡，早早就來公司練習了。」程若青一面說著，一面走到音響邊準備按下播放鍵。

「等……等一下，我能先看一下……編舞嗎？或者是……我們之前有沒有在練習室錄過練習影片……」看著程若青臉上的表情越來越不對勁，向天心立刻接著補充：「因為我這幾天都沒有時間好好練習，感覺有些動作搞混了……」

好在對於這樣的藉口，程若青並沒有起疑，點點頭表示理解，熟練地打開練習室裡的電視，「也是……雖然妳平時學舞學得快，但是一下子學太多確實容易把舞步搞混。」

看著程若青點開一個名為「GIRL'S LUNA」的檔案夾，向天心緊張地用力嚥了口口水，她知道從現在開始自己必須時刻繃緊神經。雖然從小學跳舞，高中時甚至還是熱舞社的副社長，記舞步對她而言基本上沒有太大難度，可是現在她所剩的時間不多，必須趕在後天選秀前把該學的舞步記熟。

「嘿 GIRL，我們一起奔向月球，選擇我，
世界這麼大，讓我帶妳遨遊，
不管前方路途多麼艱險難走，只要有你們陪我，
什麼都不足以成為我放棄的理由。」

歡快甜美的曲風，搭配上影片中看起來像是舞蹈老師的女孩們輕快的舞步，程若青卻在最複雜的地方按下暫停鍵，轉頭看向向天心。

「對了，上禮拜在跳這個部分的時候，妳的腳好像怪怪的，有幾個動作一直做不好，我跟藝華姊都很擔心妳是不是舊傷復發，現在應該沒事了吧？」

「舊傷復發？」

又來了，到底是什麼傷，向天心到現在還是沒搞明白。為了避免問太多，程若青再次用異樣的眼光看自己，向天心這回學乖了，只用了一句：「沒事啦，現在已經好了。」簡單帶過。

露出一個「那就好」的表情，程若青一面按下播放鍵，一面悠悠地說：「還好那場車禍只讓妳受了點輕傷，如果再嚴重點怕是連舞都不能跳了。」

車禍？

向天心還沒來得及問清楚，練習生們便陸續拖著行李箱走進練習室。

「程若青、向天心，妳們怎麼每次都那麼早到啊？」

說話的是一個綁了雙馬尾的可愛少女，一張圓潤白皙的臉蛋配上一雙傲人的長腿，讓她在人群中顯得格外醒目。

「嘖，余美娜妳又開始沒大沒小了，是若青姊、天心姊，到底要說幾次妳才會記得啊？」

有著一頭烏黑長髮的少女一面說著，一面往被喚作余美娜的女孩腰側擰了一下。

「痛！」余美娜發出淒厲的哀號：「喂！崔雪！妳真的很白目欸！」

「是崔雪姊！」

「那麼想讓人家知道妳比我老是不是？那要不要乾脆直接叫妳崔阿姨！」

「我看妳是真的不想活。」

對於兩人的打鬧，在場的其他人似乎都很習慣了，放好東西，紛紛走向練習室中央開始拉筋。

向天心稍微算過，加上她自己，現在整間練習室中共有十名練習生。

為了避免叫不出對方名字，她格外留意女孩們談話時對彼此的稱呼。

這下不但要記熟舞步，還要記下在場那麼多練習生的名字，向天心感到太陽穴一陣抽痛。

「A組的練習生都到齊了嗎？」

就在向天心腦袋一片混亂的同時，練習室的門又一次被推開了，藝華姊和一個身形嬌小但聲音宏亮的女人一起走了進來。

「到齊了。」負責回答的是程若青。

「好，今天開始妳們就會入住選秀宿舍，只有今晚開放大家自由外出，過了今天以後，除了管理組特別開放的時間通通不准擅自外出，知道了嗎？」

「知道了。」這次除了向天心以外，其餘九名少女整齊劃一地回應道。

語畢，女人向藝華姊禮貌地點了點頭，毫不猶豫地轉身離開。

「哇，那不是就代表接下來的一個半月，我們都要被困在宿舍裡嗎？」余美娜發自內心地哀號道，垂著兩條高高綁起的馬尾辮，看起來就像一隻無家可歸的兔子。

身為全場年紀最輕的練習生，余美娜有著一股渾然天成的自信，跟其他許多苦練多年只求一個出道位的練習生不同，對余美娜來說練習生身分只是當上偶像的一個過場，既然無可避免，那就當是個經驗。

反正從小到大不論參加任何歌唱比賽、舞蹈比賽還是舞臺劇演出，她永遠都是最亮眼的那個，早已習慣在舞臺上發光的人，也不是說不努力，只是她確實比其他人幸運，天分、實力、興趣，甚至連好看的外表，她樣樣不缺，而且樣樣都是頂尖，選秀？沒有的事。對余美娜而言，這些練習、拍攝都只是她站上頂峰的過程。

「剛剛管理部的姊姊不是講了嗎，會有開放可以外出的時間啊。」崔雪在一旁不滿地補充。

「那還是一樣啊……好像犯人喔……」

「余美娜！我看妳是不想出道了！」藝華姊突然出聲，嚇得余美娜整個人抖了好大一下。

「不……不是。」即使平時一副高高在上的姿態，站到藝華姊面前，余美娜的氣勢馬上削弱三分。

「那就不要在那邊一堆廢話。」不改一貫的冷臉，憤憤丟下這句話，藝華姊將目光落在其他跪坐在地的練習生身上：「還愣在那裡幹麼？後天就要選秀了，想讓大家看笑話是嗎？妳們甚至還是綺星娛樂A組的練習生，結果通通都這麼懶散！程若青！」

「是。」

「去放音樂，拉伸五分鐘結束後，開始分組跳 GIRL'S LUNA，等等驗收。」

聽到要驗收，向天心沒忍住冷汗直冒。

從剛剛見到練習室為止，她甚至還沒有完整跳過一次這首歌，加上她今天才第一次聽到這首歌啊——

無奈在場沒有一個人能夠理解向天心的狀況，在所有人眼中，不會跳這支舞的自己才是最莫名其妙的……

果不其然……

「所有人聽好，因為向天心的關係，全部重來一遍，跳到整齊為止，全部不准休息。」經過了不下數十次的反覆練習，藝華姊的喉嚨氣得都喊破了，向天心還是沒有辦法達到她的要求。

最後，她冷冷瞅了向天心一眼，示意站在音響邊的人按下暫停鍵，而後對著和向天心同組的程若青等人說：「大家去喝口水喘口氣，準備搬宿舍。若青，向天心的行李妳幫她一起帶過去。」

而後，又一次將冷冽的目光掃向向天心：「妳今天浪費了所有人的時間。從昨天開始妳就一直很狀況外，我希望這樣的情形只到今天。明天是最後一天練習，今天這間練習室留給妳，妳最好給我跳到完美為止。」

第一次面對這麼高強度的訓練，向天心完全無法打直腰板聽藝華姊訓話，蜷縮在地。她痛苦地大口喘氣，汗水沿著瀏海滴進眼眶，刺得她無法睜開眼，只能虛脫地看著眾人紛紛拖著行李箱從練習室走出。

因為藝華姊的緣故，程若青也無法扶她起身，只能用擔心的目光不斷對著向天心加油打氣。當所有人通通離場，偌大的練習室內只剩下向天心一人，委屈的情緒頓時將她徹底淹沒。

她屈起雙腿，將臉埋在兩膝之間，再也分不清模糊視線的究竟是汗，還是淚水。

腦海中浮現出當時在看 SOLO 的選秀節目時，江俊辰因為體力跟不上大家，一首歌重複跳了好幾次，最後體力透支在練習室裡崩潰的模樣……

原來是這樣的感覺嗎……

委屈、無力、自責還有憤怒……

加上她很清楚自己不是原本的向天心，雖然過去也學過很長一段時間的跳舞，但是她似乎還是把「練習生」這個身分想得太簡單了。

不過……即使現在她的舞步沒有辦法很好地跟上大家，經過剛剛幾次練習下來，向天心感覺得出來自己確實一直在進步……

看過昨天那本日記，她明白那個被自己搶走人生的女孩有多麼渴望這次的出道機會。

因為這不是她的人生，所以更沒有資格放棄。

按下播放鍵，向天心再一次隨著音樂舞動，只要一有不對，就停下來從頭再來一次。

和過去在熱舞社與朋友們一起練習的情景不同，這一次向天心感受到全然不同的壓力，如果想要成功……就必須付出這種程度的努力才行。

望著鏡子裡的自己，身上的淺灰色棉質上衣早已被汗水浸溼，頭髮也因為整日的苦練而散亂糾結在一塊兒。

將整瓶礦泉水一口氣全喝下肚，向天心赫然發現，在自己的背包附近，不知道什麼時候擺了一套乾淨的運動服。

「奇怪，剛剛沒有看到這身衣服啊。」

疑惑地打開手機，才發現李玉祥和江俊辰不久前都給自己傳來訊息。

「看妳一直沒有回訊息，我就到練習室附近繞了一圈，結果遇到跟妳同組的練習生，她說妳一整天都關在練習室練舞。本想叫妳出來休息一下，看妳練得很認真，就沒有打擾妳了，幫妳準備了一套乾淨的運動服請她幫我拿進去給妳，最近晚上天氣涼，不要穿著溼透的衣服在冷氣房裡待太久，容易感冒。那套衣服是我新買的還沒有穿過，就送給妳吧。」

望著李玉祥傍晚傳來的訊息，向天心心裡莫名漾起一陣暖意。

將那套運動服攤開來一看，一時間沒忍住噗哧一聲笑了出來，因為那套全新的紫色運動服套裝，很明顯就是女生的款式。

向天心忍不住在心裡為李玉祥感到可惜，因為收到這份禮物的人是她，並不是原本的向天心……

忍著笑將那套名牌運動服換上，向天心回傳了一個「謝謝」的貼圖給李玉祥，事後想想覺得這樣似乎有些敷衍，又一次打開訊息欄，對著鏡子自拍了一張按下發送。

回覆完李玉祥，向天心這才注意到手機螢幕上顯示的時間。

「天啊！居然已經晚上九點了嗎？」訝異地摀著嘴，向天心隨即摸了摸自己乾癟的肚子。仔細想想今天一整天除了早餐隨意吃了點三明治外，截至目前她確實什麼都還沒有吃。

「想當偶像還真是不簡單，我看就算在練習室餓死了也沒人會知道。」

確認了時間，向天心急忙點開江俊辰下午傳來的訊息，就怕太晚回覆會錯過兩人可以見面的時間。

焦急地將手指放在鍵盤上，向天心飛快地輸入一行「我們半個小時後在河堤見，抱歉現在才聯絡你。」而後快速地按下發送鍵。

一顆心飛速地跳著，直到收到江俊辰傳來的「ＯＫ」，向天心才以最快的速度衝刺到化妝室補妝，並將一頭散亂的頭髮重新梳理成俐落的馬尾。

待一切準備就緒，也不管自己應該先到宿舍確認一切是否都已安排妥當，向天心便急急忙忙地往公司大門狂奔。

即使不斷在心裡說服自己，「江俊辰是因為有所發現才要在今晚約她見面」，但向天心就是無法抑制一顆七上八下的心，她迫不及待地想要見到江俊辰，迫不及待地……想聽見他的聲音。

待她氣喘吁吁地跑到河堤邊，遠遠的就看見昨天的石階上，江俊辰微微仰頭望著星空的結實背影。

今天的他穿了一件淺灰色的短袖上衣，左邊袖口的地方似乎是非本意的微微捲起，讓那幅美得像畫的挺拔背影增添了幾許呆萌的氛圍。向天心忍著笑放慢腳步，緩緩走到他身邊的位子坐下。

「嘿，大明星。」

聞聲，江俊辰微微仰起頭來，溫柔地彎起那雙清澈的眼眸，輕輕笑了一下：「我現在已經不是大明星了。」

「在我眼裡，你一直都是大明星。」也許是經過了昨天那場哭哭啼啼的告白，現在要在江俊辰面前坦言喜歡他這件事，似乎變得容易了。

「對不起那麼晚把妳找出來……因為今天早上睜開眼的時候，發現一切都沒有改變……」江俊辰一面說著，一面往向天心的方向挪了挪：「總之……今天也能見到妳真是太好了。」

聞言，向天心感覺一顆心激動地就快要跳出來了。

心跳啊……你還不快給我安分一點……

安撫狂躁不已的心跳的同時，向天心的肚子倒是非常講義氣，在江俊辰面前用盡全力發出一聲無比淒厲的低吼。

「啊——」

錯愕地拱起背，向天心尷尬地完全不敢直視江俊辰的反應，用力咬住下唇。

可惡，都怪剛剛收到訊息太興奮，都忘了自己還餓著肚子這件事。幹，有夠丟臉。

正當向天心打算裝作什麼事都沒有發生，淡定的接續剛才的話題時，耳畔卻猛地響起江俊辰帶著淺淺鼻音的呼聲。

「我想起來了……難怪我覺得妳這麼眼熟。」儘管向天心在心底不斷乞求江俊辰不要回想起那日在麵包店裡的尷尬初遇，一切卻已經來不及了：「妳是在樂田麵包屋打工的那個女生，雖然只去過一次，但我跟李玉祥很喜歡那間店的麵包，之後還拜託經紀人去買了幾次。」

江俊辰的話宛若一記雷鳴，狠狠打在向天心的少女心上。

這麼丟臉的事發生一次就夠了……偏偏她硬是經歷了兩次，而且還是在同一個人面前……

「原來那時候在櫃檯替我和李玉祥結帳的人就是妳嗎？」

現場只剩江俊辰一人扯著嘴角獨自開朗，向天心的頭早已經快要垂到地上去了。

只不過就和那日在麵包店上演的戲碼一樣，凡事都是一體兩面的，有失去就會有獲得。

好比那天在麵包店裡，雖然徹底丟了面子，卻也因此在接下來的兩年間成為他的粉絲，甚至有了進入綺星娛樂的夢想……

「要去吃點東西嗎？」

就和現在一樣……

如果肚子沒有在那個剛剛好的時機響起，向天心恐怕永遠無法想像自己竟然還能有走進 SOLO 宿舍的一天。

當然，現在那裡只不過是一棟再普通不過的公寓二樓。

江俊辰也不過就只是一個平凡到不能再平凡的普通房客。

踏入江俊辰那間目測不過七坪的小房間，向天心訝異地發現擺設確實和直播時自己見到的畫面不同，乾淨整潔的鐵灰色單人床上，李玉祥和白宇合送的布偶熊消失了，整間房間裡再也沒有任何一絲 SOLO 的氣息，書桌上沒了麥克風、調音器、錄音器材，取而代之的是一整排的參考書，還有一臺厚重的電競筆電。

總的來看，確實就是一個普通男大生宿舍裡會出現的布局。

向天心的腦海裡飛快地閃過江俊辰直播當天，當鏡頭突然變成兩人的視訊畫面時，自己明明還能看到江俊辰房間裡的擺設……如果說真的是因為自己生日當天許下的願望，才讓他們來到了這個世界……那麼在他們透過視訊畫面看見彼此的那段時間又是怎麼一回事呢？

還來不及想明白，耳畔又一次響起江俊辰溫柔的聲音。

「妳想吃泡麵嗎？我剛剛看過了冰箱還有兩顆蛋。」

「啊……都……都可以，不好意思給你……添麻煩了。」

在答應來到江俊辰的租屋處前，兩人原本說好要到綺星娛樂附近的小吃店吃上一碗熱騰騰的湯麵。

離開河堤邊時，江俊辰還一臉興奮地推薦一間二十四小時營業的小吃店。可他們都忘了這裡並不是他們原本熟悉的世界，就連二十四小時營業的麵店，都在九點半就早早打烊，甚至連一間二十四小時營業的超商都沒看到。

無奈之下，江俊辰便提議前往距離綺星娛樂約莫十五分鐘路程的租屋處。

「我順便也能讓妳看看我這兩天的發現。」

因為江俊辰這句話，向天心同意了。

雖然她知道自己多少抱了點私心，但即然江俊辰都這麼說了，不如就厚著臉皮去一趟看看吧。

儘管之前在綜藝節目上就知道江俊辰廚藝不差，但是當那鍋香氣四溢的超豪華泡麵出現眼前時，向天心還是沒忍住倒抽了一大口氣。

除了那鍋熱騰騰的泡麵以外，江俊辰手上還多了一罐優碘和ＯＫ繃。

「我第一次看到泡麵裡有蟹肉棒……還有……」猛地嚥了口口水，向天心睜大眼睛將湯勺湊到鼻尖輕輕一嗅：「這個是火鍋肉片嗎？牛肉？」

江俊辰被她誇張的反應逗笑了，漾著笑將碗筷遞到向天心面前：「這是以前結束一整天的行程，我和秦皓宣會偷偷躲起來吃的泡麵，如果被經紀人發現，我們兩個隔天就會被罰在練習室做一百個伏地挺身。」

語畢，江俊辰不忘將手中的優碘和ＯＫ繃推至向天心面前。

「給我的……？」望著那兩樣全新未開封的藥品，向天心一時有些摸不著頭緒。

「嗯。」輕輕點了點頭，江俊辰貼心地替向天心將優碘瓶蓋上的塑膠膜撕開：「我昨天晚上去找妳的時候順路買的……只是最後忘了給妳。」

將優碘轉開遞到向天心面前，江俊辰又補了一句：「昨天看妳走路怪怪的，結果發現妳後腳跟磨破了，在這樣的狀態下光是走路應該都很不舒服了，結果妳今天居然還這樣練了一整天的舞……如果不及時處理的話會變嚴重的，這些給妳帶著吧。」

租屋處微弱的光線打在兩人之間，在這樣不過一公尺的距離相視而坐，江俊辰臉上真摯的表情，還有那道帶著淺淺鼻音卻十足沉穩的嗓音，讓向天心一顆心撲通撲通劇烈地跳著。

愣愣接過江俊辰手中的優碘，向天心顫抖地應了一句「謝謝」，尷尬地抓了抓鼻子，接著又說：「那個……所以，你今天怎麼會突然回老家啊？」

聞言，江俊辰臉上露出一抹意味深長的表情。

他緩緩起身，從書桌第一格抽屜裡拿出一個被小心保存起來的資料夾。

「因為我在抽屜裡發現了這個。」

「這些是……原本的江俊辰留下的……？」

從江俊辰手中接過那個資料夾，向天心首先看到的是一張診斷證明書，讓人意外的是上頭居然還寫了……自己的名字。

「這個是？」

「妳可以拿出來看看……這些是我今天特別回老家一趟的原因，有太多事情需要搞清楚了。」

聽了江俊辰的話，向天心顫抖地將診斷證明抽出，連帶還掉出了一張看起來年代有些久遠的合照。

照片上頭是兩個小男孩圍著一個小女孩，站在攝影棚笑得很開心的模樣，望著那張照片，向天心一眼便認出站在中間的小女孩是自己，而站在她右手邊有著可愛梨渦的男孩則是江俊辰。

「就像昨天晚上李玉祥所說的，我們三個曾經是朋友，那張照片是我們小時候拍攝童裝廣告時的合照……」江俊辰緩緩開口和向天心解釋道：「可是在我的印象中，過去拍攝那個童裝廣告的兒童演員，只有我和李玉祥，也是因為如此，我們才會被綺星娛樂的藝人開發組相中……只是……這裡的江俊辰似乎放棄了進入綺星的機會，和妳還有李玉祥走了全然不同的路……感覺有點類似……平行時空。」

「平行時空……？」望著那張有些泛黃的照片，向天心有些出神。照片裡的小女孩對著鏡頭自信地擺出一個「耶」的手勢，別說兒童廣告了，向天心記得小時候的自己就連拍照都很討厭。

「那這些文件……又是怎麼一回事呢？」將那張寫有自己姓名的診斷書舉至眼前，向天心看見了上頭的日期似乎是兩年前的七月……

「兩年前……原本的向天心出了一場車禍，因為江俊辰的關係。」即使不是自己的事，但在說這段話時，江俊辰依然語帶抱歉。

「因為江俊辰的關係……？」默默將手中的診斷書放下，向天心一眼望見了資料夾內的另外兩張文件，一個是兩年前的休學證明書……還有一張……死亡證明。

詫異地瞥了一眼文件夾，向天心頓時有些不知所措。過去在一檔訪談節目中，她知道江俊辰的父親在他參與選秀的那段時間過世了……可是訪談的內容並沒有很深入，在鏡頭前也很少見到 SOLO 的成員提到自己的家人……

「死因是一樣的。」

也許是發現向天心也注意到了，江俊辰僵硬地扯了扯嘴角，將那張死亡證明從資料夾中拿了出來。

「我爸在兩年前被診斷出了肺腺癌……那時候正好是練習生選秀剛開始不久……當時醫生說，只剩下半年……」江俊辰說著頓了頓：「那段時間我也想過退出選秀，可是合約已經簽了，家裡也需要用錢……加上以我的家庭狀況……絕對不可能負擔得起那筆違約金，老家的家人都希望我堅持，我爸也不希望我因為他的關係放棄夢想……」

江俊辰娓娓說著那些向天心從來不知道，也沒有預想過的過往。

「但他不知道……我當初會選擇進入綺星娛樂當練習生也是因為他，因為實在不想看他那麼辛苦……自從小學在校慶活動被一個廣告導演相中拍了第一支廣告……我的夢想就是努力賺錢讓我爸不用再早出晚歸……工地的工作很粗重，他的身體一直以來都不是很好，雖然很現實，但這確實是我進入演藝圈的原因……」

江俊辰說著，腦海裡浮現了十幾年前自己剛以童星身分出道的時光，那時候身邊的朋友、老師都興奮地恭喜他，就連校長都把他找去校長室拍合照，卻沒有任何人好奇他做出這個選擇的背後原因。

「請班長把隔宿露營的通知單收齊後放到老師桌上，還有人沒交嗎？」

「報告！老師，江俊辰的通知單上沒有家長簽名！」班長的回報惹來臺下看熱鬧同學們的訕笑。

「喔！江俊辰不能跟大家去露營了！」

「江俊辰才不想跟你去露營好嗎！人家現在是明星欸！」

面對同學們你一言我一語的臆測，江俊辰只是有些怯懦地站起身垂著眼回應道：「我那幾天剛好要上聲樂課，所以沒辦法參加。」

「這樣啊，那真是太可惜了，老師知道了，那就先這樣吧。大家下課。」

望著魚貫衝出教室的同學，江俊辰長吁了一口氣緩緩坐回位子上，同學們嘻鬧的背影在他眼裡逐漸模糊，用力眨了眨溼潤的雙眼。江俊辰攥緊雙拳趴向桌面，年幼的他知道自己不可以動搖，因為他記得爸爸每天下班回家的模樣，見過爸爸和工頭說話時畢恭畢敬的樣子，還有爸爸從口袋裡掏出銅板硬湊著數給他買下一個豪華雞腿便當時的笑容。

「想吃什麼，告訴爸爸。」那是拍完第一支童裝廣告的傍晚，爸爸驕傲地拉著他的手穿梭在人來人往的夜市街道。

他們從入口一路拉著手走到了夜市最末端，江俊辰猶豫了許久，最終指向最後一攤販售甜甜圈的攤位。

剛出爐的甜甜圈在帶著些許涼意的傍晚冒著暖呼呼的白煙，江俊辰先是用雙唇輕輕碰了碰那沾滿糖霜的蓬鬆外皮，小心翼翼地咬下一口，軟綿綿的口感讓他滿足地仰起頭來對著爸爸彎起眼睛燦爛一笑。

「好吃嗎？」爸爸的聲音很好聽，說話的同時輕輕拍了拍小江俊辰的頭。

「好好吃！我最喜歡甜甜圈了！」

江俊辰誇張的表情把爸爸逗笑了，他彎下身來用袖口抹了抹兒子那張沾滿糖霜的臉龐。

爸爸的手總是帶著一股淡淡的菸草味以及工地裡混雜著油漆、木屑的複雜氣味，那是專屬於爸爸的味道，在父親去世以後，江俊辰偶爾會跑去他工作的地方，卻怎麼也再找不到那專屬於爸爸的獨特味道。

「雖然我很喜歡每天回家跟爸爸待在一起的時間，也很喜歡舞臺，但我偶爾也很羨慕身邊同年齡的朋友……」江俊辰無奈地扯了扯嘴角，「也會想和大家一樣每天在學校唸書、考試，偶爾還能在放學時間去巷口的小吃店偷吃零食……參加畢業旅行、校外教學什麼的就更不用說了，因為要練習，所以……基本上也沒什麼機會交朋友……」

鐵鍋裡飄散出的霧氣橫亙在向天心和江俊辰之間，那一刻……向天心第一次覺得自己和江俊辰的距離好像並沒有自己想像中來得遙遠，也是第一次意識到……原來那個站在舞臺上發光發熱、努力燃燒自己的男孩，默默經歷了許多不該在那個年紀經歷的事。

向天心原本還以為能夠進入娛樂公司擔任練習生的孩子，應該都有著不錯的家境，沒想到江俊辰選擇舞臺的背後居然還有這樣的原因。

過去站在粉絲的角度崇拜著 SOLO 的時候，她甚至時常會忘了他們不過都還只是二十歲出頭的少年……

面對摯愛的親人離去，卻仍必須得在鏡頭前展露笑顏……

如果是她的話……向天心覺得自己絕對沒有辦法做到像江俊辰這樣。

「我爸過世的那段期間，我不知道該和誰說，因為那個時候選秀還在進行，身邊的所有人都很敏感，也只有幾個藝人管理部的工作人員知道我的狀況，會特別照顧我的情緒……還有李玉祥……」江俊辰說著頓了頓，緩緩抬起眼來接上向天心的目光。

望著那雙藏著淺淡憂鬱的雙眸，向天心突然感到一陣鼻酸。

「如果妳是從選秀就開始關注我們的話應該會知道，那時李玉祥因為一段惡意剪輯的影片，被迫放棄了夢想……」江俊辰說著輕輕地抹了抹臉，無奈地笑了一下：「我爸住院的那段期間，只要公司放假，我都會去醫院照顧他，李玉祥和我是從小就認識的朋友，所以那天……他很體貼地放棄自己的休假，提議跟我一起去醫院……

那個粉絲之前就很常偷偷跟蹤我們，不管怎麼好言相勸，對方就是不聽，也不知道是哪裡得知了我爸住院的消息，就那麼剛好在我拜託李玉祥替我去附近超商買備品的時候，被他發現了……發現那個粉絲正拿著手機偷偷躲在角落裡錄下我爸的病房號碼，還有住院資訊，李玉祥一氣之下才會失態……」

江俊辰愣愣地抹了抹眼角，沉默了一段時間才接著說：「結果最後……我留下來了，他卻必須放棄，李玉祥退出節目後不久，我爸就過世了……那段時間，我是真的很常懷疑自己做的決定是不是正確的，這真的是我想要的生活嗎？就連最愛的人……嚥下最後一口氣的時候，我都沒有辦法陪在他身邊……還連累了對我這麼好的朋友，其實我後來有試著和李玉祥聯絡，也不知道他是不是換了號碼，在那之後……我們就沒有交集了，所以昨天看到妳說要去找李玉祥的消息，我才會那麼急著跑過去找妳……」

望著那雙透著幾許憂鬱的清亮雙眸，向天心心裡突然泛起一股濃烈的罪惡感。

身為粉絲，明明該比誰都還要更清楚「即使是偶像也會有情緒」的道理，過去的向天心卻總會因為江俊辰臉上的笑容減少而感到困惑，在自以為是關心的好奇心驅使下，讓她和其他人一樣不斷追問著：江俊辰怎麼了嗎？是不是受了什麼委屈？身體不舒服？還是跟團員吵架了？怎麼感覺……最近的他好像變得跟過去有點……不太一樣？

這些不斷湧出的疑問與好奇，總是慫恿著她在留言區裡尋找與自己擁有相同感受的發言，粉絲們自以為關心的深掘著江俊辰情緒低落的原因……說白了其實也不過是為了滿足自己的好奇心罷了，也許……這些好奇也在不知不覺間給江俊辰增添了許多壓力吧……

即使裝作什麼也不在意的樣子，但那些評論與關心他應該都看在眼裡……所以才總是在鏡頭面前勉強自己掛上笑容……

對江俊辰而言，笑容會不會反而是他保護自己免於受到傷害的鎧甲呢？比起生氣、難過，至少微笑的時候……大家就不會一直把焦點放在自己的情緒上……

「對不起……」

也許是見到向天心也跟著沉默，江俊辰開口淡淡地說：「可能是因為今天回了一趟老家……見到很久沒有見到的家人，所以變得比較敏感……明明妳今天應該也很累了。」

頓了頓，江俊辰緩緩抬起眼來，「這兩天我好像光顧著說自己的事，都忘了問問妳是怎麼想的……如果妳在這裡是綺星娛樂的練習生，那麼原本的妳呢？原本的妳也曾經夢想著成為偶像出道嗎？」

面對江俊辰的疑問，向天心有些尷尬地搖了搖頭，「原本的我其實就只是……」一個很普通的大學生。

最後這句話向天心沒有說出口，在短短幾秒鐘的時間裡，她還是決定不在江俊辰面前自揭短處。因為跟這個世界裡積極上進的向天心比起來，過去的自己確實沒什麼值得好拿出來炫耀的。

僵硬地扯了扯嘴角，向天心尷尬地指著文件夾裡的休學證明，試著想轉移話題：「那這張休學證明書……跟我的膝蓋手術文件……又有什麼關聯性呢？」

沒有強迫她把說一半的話接著說完，接過向天心手上的文件夾，江俊辰微微輕啟脣瓣：「這些就是我今天找妳來的原因。」

沒有聽懂江俊辰話裡的意思，向天心接著問：「你剛剛說……這個世界的向天心……在兩年前出的那場車禍……跟江俊辰……我是說原本的江俊辰有關？」

「嗯……準確來說，在這個世界裡，沒有成為練習生出道的江俊辰，選擇了完全不同的一條路……兩年前，江俊辰為了照顧生病的爸爸休了一年的學……然後，不知道為什麼他和向天心一直都有保持聯絡……向天心，對於這個世界的江俊辰來說……似乎是個非常重要的朋友……」

江俊辰說著，點開了手機裡一張向天心沒有任何印象的照片，照片中的她勾著江俊辰的肩膀在一片綠意盎然的草地上，笑得異常燦爛。

「在這個世界裡，江俊辰爸爸生病的那段期間……因為知道他時常要醫院、超商兩邊跑，所以向天心偶爾會在練習結束後替江俊辰到醫院陪他……兩年前的某一天……不知道為什麼下了一場非常大的雨……因為交班的同事家住比較遠，火車、大眾運輸都誤點的狀況下，同事也只能拜託江俊辰幫忙代班……然後……他便給向天心打了一通電話……因為怕生病的爸爸在醫院餓肚子，希望她能替自己去醫院看看。結果就害向天心出了一場車禍……花了很長一段時間復健……這些，都是今天回老家時，家裡的人提到的。江俊辰的爸爸過世以後，老家就剩下奶奶還有姑姑，這個部分跟我記憶中的一樣……」

向天心發現，江俊辰似乎比自己還要更能投入現在的狀況，從他說話時微微蹙起的眉頭來看，江俊辰今天回老家應該花了不少時間理清這個世界運作的模式，還有曾經發生在他們身上的事……

「我還在老家找到了這個……」

語畢，江俊辰起身從隨手擱置在書桌上的帆布包裡，抽出了一本鐵灰色的筆記本：「這個是……江俊辰在爸爸住院那段時間寫……那些過去我所錯過的，這個世界的江俊辰卻好好把握住了……雖然不是一段太愉快的過往，但在翻閱這些內容的時候……我感覺他應該很慶幸，可以在最後的那段時間……這樣陪著生病的爸爸……至少他比我幸運多了，我就連我爸的最後一面都沒有見到。」

「你……難道不想回去嗎？回去我們原本生活的世界？」沒有猶豫太久，向天心緩緩仰起頭來，江俊辰身後的那張單人床上，鐵灰色的被已經褪了色，甚至磨破了好幾個洞……就連擺在牆角的風扇都生滿了鐵鏽，與過去光鮮亮麗的生活相去了十萬八千里……可為什麼她卻總感覺江俊辰似乎一點也不抗拒這樣的生活？

那晚在吹熄蠟燭前，江俊辰對著蠟燭許下第三個願望的臉孔浮現於腦海……向天心依稀記得浮現於那張俊臉上，夾帶著些許疲憊的笑。

如果說……她許下的願望是……希望能夠去到一個，江俊辰也能一眼就看見自己的世界……

那麼江俊辰呢？

猶豫著是否該開口詢問……江俊辰溫暖的聲音又一次在耳畔響起：「我也不知道……只是覺得現在這樣好像也沒什麼不好……」

頓了頓，又說：「那妳呢？妳會繼續以練習生的身分待在綺星娛樂嗎？」

面對這個問題，向天心一時間竟有些無所適從。

沉默了很長一段時間，才緩緩開口道：「我其實也不太清楚……但這兩天一下發生了太多事……很多事情好像也由不得我。」

雖然全新的身分讓她感到陌生，也有很多不方便的地方，但今天在練習室反覆練習了不下數十次，卻也讓她見識到自己的極限。

在這之前，向天心甚至沒有預想過，原來她還能做到這種地步。即便過程曲折，可她終究在緊要關頭很好地消化了那支舞。

「所以……妳會參加那檔女團選秀嗎？」

昏暗的燈光下，江俊辰將手邊的文件整理好，默默放到一旁。

「目前看來……似乎也只能這麼做……畢竟……我也負擔不起那麼高額的違約金，再說……我好像也沒有資格放棄，畢竟說白了……這不是我的人生。」

從昨天開始，向天心就一直在接受著不是自己決定好的事，彷彿一盒被擺放在輸送帶上的雞蛋，周圍的一切都在不斷推著她往前，感覺好像稍有不慎，一切都極有可能落入自己無法掌控的深淵……

雖然向天心並不排斥唱歌跳舞，但是她也不敢保證這樣的生活持續幾個月後……自己會怎麼想。

儘管和她一起面對這一切的人是江俊辰……但是只要一想到自己可能一輩子都要被禁錮在這個不屬於她的世界……一股源自於心底最深處的恐懼便會開始蔓延。

她知道自己沒有選擇，不管怎樣都必須參與那檔選秀，但之後的那些該怎麼做？她其實一點頭緒也沒有。

矛盾的思緒不斷在腦海裡拉鋸，直到坐上江俊辰替自己叫的計程車為止，向天心才猛然意識到，她居然忘了把自己昨天晚上其實有試著對蛋糕許願，試著尋找回到原本世界的事情告訴他。

總的來說，他們還是沒有搞清楚自己之所以會來到這裡的原因，可是對於這個世界裡那些屬於他們的固有設定，大致上是弄明白了。

雖然不想承認，但向天心很清楚這個世界的向天心，有太多讓她感到嚮往的部分。

那個夢想著出道的少女，眼看就快要實現夢想，沒想到卻發生這樣的事。對於無緣無故來到這個世界，並且取代了她這件事，向天心心裡還是有些內疚的。

「如果我現在在這裡的話，妳又去哪裡了呢？」

車窗外，綺星娛樂的大樓依舊是整條街上最醒目的地標，那裡曾經是她無比嚮往的地方，沒想到現在不僅可以享有最專業的訓練、師資、寬敞的練習室，甚至還有專門為她們打造的宿舍和舞臺。

成為偶像，果然是件讓人嚮往的事。

苦笑著搖搖頭，向天心忍不住在心裡暗笑自己的不自量力。

別說替原本的向天心實現夢想了。

能成功不在第一輪被刷下來就應該偷笑了吧。

憑她這款三腳貓功夫，哪有可能和那些努力練習了好幾年的練習生相比。

下了計程車，走回那個依舊讓她感到陌生的宿舍，向天心沒有想到的是緊湊的時程讓她根本無心顧慮其他。日日訓練到凌晨才能回宿舍休息，隔天清晨六點又會被管理部的工作人員喚醒，再度開始隔天的練習，就這樣時序一路推進到了節目錄製當天。

對她來說，現在發生的一切都很荒謬，可那些規定、原則清清楚楚地擺在眼前，即使偶爾還是會有種自己在扮演別人的感覺，但時間久了，向天心也慢慢開始習慣。

就像現在這樣……

「等一下節目開場，所有練習生進場後請找到貼有自己姓名的位子坐下，然後我們會開始以組別的方式讓大家上場表演準備曲目。第一組是A組的練習生，先麻煩幫我到前面排隊，等一下彩排從妳們開始，每組只有五分鐘的時間，千萬要記好走位！」

聽到A組的練習生，向天心毫不猶豫地舉起手，和其他組員一起站到最前排的位子。

在連續三日沒日沒夜的勤奮練習下，向天心的身體也漸漸開始適應，雖然強度和過去熱舞社的練習根本無法相比，但至少不會拖累其他人。

向天心甚至還在昨天晚上的驗收中，獲得了藝華姊的稱讚，儘管對方依然冷著一張臉，語氣平淡地說了句：「今天總算比較在狀況內了。」卻依舊讓她興奮地在練習室一路加練到凌晨五點，硬是比所有人都還要晚好幾個小時進宿舍休息。

不只向天心，這兩天江俊辰似乎也很忙，到了節目開錄當天，向天心才終於收到了他的訊息。

「凡事盡力就好！我也會替妳加油！」

因為錄製規定，節目進行間不能攜帶手機，向天心飛快地傳了一個哭笑不得的表情符號，並以開玩笑的口吻回應道：「如果你願意的話，也可以踴躍地替向天心練習生投票，畢竟我現在應該也算是你的師妹了！」

沒有等到江俊辰回覆，向天心便和其他練習生一併交出了手機，等待成音組的工作人員來為自己別上麥克風。

「等一下不要緊張，就照我們練習的時候來就好，我們是A組的，不管怎麼樣都不能夠輸給另外幾組的練習生。」除了是C位以外，程若青還是A組的隊長，排隊走進攝影棚前，她轉頭對著身後的組員們喊話。

對向天心來說，程若青是這段時間內給予她最多支持與力量的存在，在場的所有練習生之間幾乎都存在著一層競爭關係，可她與程若青卻額外多了一份革命情感。同樣身為綺星娛樂最年長的練習生，這次的出道機會對向天心及程若青而言都是十足珍貴的。除了革命情感，兩人之間還有一份無需言語的惺惺相惜。

「這是我妹，很可愛吧！」

「妳牆上只貼了跟妹妹的合照也太偏心了吧，你爸媽知道了一定很難過。」在練習生宿舍也只有程若青會像個朋友一樣的和自己聊天，就像是大學室友那般。跟程若青相處的時候，向天心特別容易想起鄭芮允。

「我有一個非常要好的朋友，她姊姊也很疼她，應該就像妳疼你妹這樣，真好，我好羨慕喔。」擠在程若青小小的單人床上，向天心用肩膀輕輕撞了一下對方。

「妳這個冷漠的傢伙，除了我以外還有其他的朋友嗎？」程若青笑著把和妹妹的合照貼回牆面上。

「總之，我這個獨生女也很希望可以有個疼我的姊姊，長得漂亮更好。」因為跟程若青在一起的時候總是特別自在，向天心也逐漸展現出她平時與鄭芮允的相處方式。

「我有沒有說過……」程若青猛地側身與向天心拉開距離，故作震驚地說：「妳自從搬進這間宿舍以後，整個性情大變欸！我原先那個只知道練習的冷漠寶貝呢？什麼時候長出人性了？居然還會撒嬌了？我覺得好恐怖。」

「這樣不好嗎？」向天心也沒打算解釋，張開雙臂將刻意拉開距離的程若青以一個無尾熊擁抱大樹的方式往死裡抱。

「只是怕妳是不是壓力太大精神分裂。」寵溺地戳了戳向天心的額頭，程若青故作嫌棄地說。

「我最近很常在想，如果這次還沒有辦法出道……我之後可以做些什麼？」背靠著下鋪不硬不軟的枕頭，程若青的聲音有些顫抖：「離錄製的日子越近，我就越常有一種離開綺星以後回歸一個普通人，好像也沒什麼不好的感覺。」

「妳是真心這樣想？」

「當然不是，只是這些話……」程若青抬起眼來朝著向天心笑了一下，「我好像也只有在妳面前才能說，畢竟我們是這裡最資深的練習生，在妹妹們面前當然會盡量表現出最好的那面，也習慣當所有人的靠山了……」

「別想太多，妳已經夠好了。」

向天心壓著嗓音輕輕地說，直到管理部的工作人員切斷了所有宿舍的電源，程若青才悠悠地回應：「還好妳沒有放棄……」

「如果連妳都放棄了，我覺得我一定會撐不下去……向天心，這些年真的他媽的太難熬了。」

「喂！走快點！後面塞車了！」

思緒再次被拉回嘈雜的後臺，穿著黑色衣服的工作人員單手壓著耳機，不耐煩地朝向天心擺了擺手。

跟在程若青身後踏入攝影棚，向天心即刻便被強烈的照明設備，以及數十臺專業攝影機嚇得呆愣在原地。腦筋一片空白地一步步走向舞臺正後方排列成鑽石形狀的座位區，才剛坐下，就見崔雪疑惑地轉過頭來，哭笑不得地說了一句：「天心姊，妳坐到美娜的位子啦！妳的名字在後面！」

「啊——」也許是現場的照明設備太過刺眼，向天心感覺不斷有汗水自額間湧出，在匆忙起身換到寫有她姓名的座位時，還不小心被腳邊的臺階絆了一下。

練習生入場的速度很快，搖臂攝影機在階梯式的座位區前方來回移動，當導播的讀秒時間結束，在座的練習生紛紛表現出自己最想展現的狀態，有人轉頭和身旁的人竊竊私語，有人自言自語地誇讚周圍的擺設，就只有向天心被整個攝影棚的規模震住，愣愣坐在位子上一動也不動地冒著冷汗。

「大家期待已久的綺星娛樂大型選秀節目『**Galaxy Girl 銀河少女**』終於要在今天展開為期三個月的選拔，現場的五十位練習生妳們準備好了嗎？」

「準備好了！」

有別於其他人朝氣蓬勃的喊聲，向天心一動也不動地僵在位子上，睜大眼睛愣愣看著舞臺上那顆熟悉的藍黑色後腦勺。

李玉祥……怎麼會在這裡？

難道他是這檔節目的……主持人嗎？

因為不敢相信自己的眼睛，向天心好奇地轉過頭去詢問坐在自己身旁的崔雪：「我應該沒有看錯吧，舞臺上那個人……是李玉祥嗎？」

只見崔雪皮笑肉不笑地扯了扯嘴角，用無比荒唐的眼神掃了向天心一眼：「什麼？妳現在才知道嗎？廣告打得那麼大欸？而且你們不是朋友嗎？」

失神地搖了搖頭，最近讓她煩心的事實在太多了，完全沒有注意到李玉祥在這個世界裡不只成為了她的朋友、超人氣男團的成員，甚至還是選秀節目的主持人。就現狀來看，簡直發展得比原本世界裡的江俊辰還要好。

也許是第一次主持的緣故，李玉祥顯得有些緊張，但若要論緊張的話，向天心覺得現場大概沒有人可以與自己相比。

第一次進入攝影棚，她才訝異地發現，原來節目拍攝並不是一個連續的過程，例如李玉祥光是開場就重來了兩、三次。

擔心等一下上場會凸槌，所以從坐定位開始，向天心便一直不斷在腦海中複誦著歌詞還有舞步，就怕自己一個不小心會在全國觀眾面前丟臉……

如果是江俊辰，在這種時候他會怎麼做呢？

向天心突然有些後悔自己沒在和江俊辰相處時，多跟他請教一些上節目該注意的事，只能憑藉著過去收看SOLO選秀的經驗，回想著江俊辰在螢幕上的表現。

如果是江俊辰的話……他應該會無時無刻都帶著微笑，沒錯！他總是在笑，即使是攝影機拍攝不到的地方，他依舊是嘴角上揚的！

思及此，向天心冷靜得想試著模仿，只是沒想到在這樣的狀態下，她連笑都不會了。好像有誰拉著兩條無形的線，操控著她僵硬的嘴角，讓她無法隨心所欲的微笑。

幹，完蛋了，連笑都不會了。

臉頰僵硬地不斷抽搐著，向天心感覺就連幾分鐘前還牢牢記在腦海裡的歌詞，一時間也變得零碎不堪。

「向天心！」

「啊——」

余美娜的大聲呼喚，嚇得向天心從座位猛地彈起身，尷尬地拉了拉裙襬，用不知所措的眼神掃視了一圈寂靜的攝影棚。

她發現除了自己以外，現在站著的都是她們A組的成員。程若青站在最靠近舞臺的位子，回頭露出一臉詫異的神情，眼神來回在她和美娜身上打轉，似乎很疑惑向天心為什麼到現在還一動也不動地站在位子上。

一陣沉默後，全場突然默契地爆出一陣如雷的笑聲。

而那個損友李玉祥更是在所有人面前硬是笑得最大聲，笑完還不忘舉起麥克風朝著向天心問道：「向天心練習生，請問妳是A組的組員嗎？」

「啊……對，我……我是！」感受到棚內幾乎所有攝影機都對準了自己的方向，向天心又一次感覺到兩頰不受控制地抽顫。

好在李玉祥並沒有緊咬她不放，優雅地轉過身去再次面朝攝影機的方向，舉著麥克風對著評審席的方向，「那麼在A組練習生就定位前，我們先來介紹一下綺星娛樂的大家長，也是夢想打造出全能女團Luna的金曲歌王齊俊傑，傑哥。」

感受到李玉祥似乎是在替自己解圍，向天心趕忙拉了拉裙襬，戰戰兢兢地跟著其他組員一起走到舞臺上就定位。

坐在評審席最中央的齊俊傑舉起麥克風，與李玉祥一來一往地對答。

座位兩側另有兩名選秀負責人，更是一刻也沒有閒下來，雙手抱胸目光銳利地來回掃視著站到準備位子上的練習生。

齊俊傑是曾經紅極一時的創作歌手，在二十年前創立了綺星娛樂後，成為了演藝圈裡的傳奇人物，也是演藝圈內所有偶像藝人的大前輩。年近五十的他，最為人稱道的就是那張不老童顏，古銅色的皮膚配上濃密的劍眉和一雙深邃的桃花眼，讓他不只是二、三十年前廣受少女喜愛的男神級歌手，就連二十幾年後的現在，依舊擁有大批粉絲，甚至連海外都有一票支持著他的死忠觀眾。

向天心記得之前在看 SOLO 選秀時，齊俊傑也是節目裡的主要決策者，雖說是靠著粉絲投票創造出來的人氣男團，但若是空有人氣沒有實力的選手，齊俊傑也不會讓他以「偶像男團」的形式出道敗壞自家名聲。像當年一些實力不夠但人氣很高的成員，有的在節目後自帶流量成為了百萬 YouTuber，有些則是轉戰以個人歌手的形式出道，或是轉換跑道成為模特兒繼續活躍於演藝圈。

總之，齊俊傑除了是歌手、演員、綺星娛樂創辦人之外，甚至也是個非常有商業頭腦的商人。

「那麼傑哥認為要成為綺星娛樂的藝人，最重要的是什麼呢？綜藝感會是主要評分依據嗎？」

李玉祥的話惹得在座的練習生又是一陣爆笑。意識到對方在開自己玩笑，卻沒注意到攝影機正對準了自己，向天心無意識地噘起嘴，在心裡暗自決定等到收工以後，一定要找李玉祥親自結算這筆帳。

「我覺得……」緩緩舉起麥克風，齊俊傑那雙帶著淺淺笑意的目光不偏不倚地落到了向天心身上。

他頓了頓，輕啟脣瓣用極具磁性的低沉嗓音說：「實力肯定是重要的，這也是選秀的主要目的。這些練習生都已經練習了很長一段時間，選秀節目也是給她們一個機會，把這幾年的成果展現在觀眾眼前。除了實力以外，觀眾緣當然也是一個優秀藝人需要面對的考驗，畢竟這很主觀，我相信有綜藝感會是很好的加分項，總而言之……為了打造最強女團，這次選秀我還特別帶了選秀組最資深的兩位老師，不管是Dream High還是目前音樂榜單上前幾名的流量藝人，都是在他們的管理下一手拉拔出來的，相信在二位的協助下，我可以更好地留住綺星需要的人才。」

「那我可以好奇請問一下兩位老師Dream High裡最難帶的成員是誰嗎？」李玉祥的話惹得現場又是一陣爆笑。

只見坐在齊俊傑右手邊戴了一副金屬框眼鏡的女評審，緩緩舉起手中的麥克風，打趣地問：「你確定你真的想知道？」

「我們想知道！」

「對啊！是我們想知道！」

「說！說！說！」

「我猜是李玉祥！」

見臺上的練習生跟著起鬨，站在向天心身旁的程若青和余美娜，也擺出一副看熱鬧的姿態，唯獨向天心獨自陷入了等一下就要在眾人面前表演的恐慌中。與在場的其他練習生不同，向天心不習慣鏡頭，更無法像其他人一樣在如此高壓的情況下還能顧及到節目效果。

就連李玉祥開口又說了什麼逗得大家哈哈大笑的話，她也聽不見任何一個字。隨著熟悉的伴奏響起，向天心的腦筋依舊一片空白，她不斷在腦海裡提醒自己要記得微笑，記得微笑。

雖然不知道成效為何，但是她真的盡力了。至少在輪到她獨秀個人技的時候，苦練了數十次的高音沒有犯錯，舞步也像是刻在身體上似地通通都有在正確的拍子上完成。

只是在整個過程中，向天心的腦袋始終都是空白的。

擺出事先設計好的 ending pose，向天心終於在音樂停止的那一刻，暗自鬆了口氣。

只不過……考驗並沒有因此結束。

「非常感謝A組練習生帶來精采的初舞臺表演，那麼現在就請大家輪流向電視機前的觀眾介紹一下自己。」

因為緊接而來的，就是向天心最害怕的自我介紹環節。

只見程若青臉不紅氣不喘地喬了喬掛在耳邊的麥克風，在鏡頭前露出甜美一笑，語氣沉穩地開口說道：「各位星球創造者們好，我是在綺星娛樂練習了十年，今年二十四歲的練習生程若青，雖然是在場年紀最大的，但是我敢保證！我體內的可愛能量，絕對也是在場最大的！」語畢，程若青雙手捧臉，擺出一個嘟嘴賣萌的表情。

現場的練習生見狀紛紛發出「天啊」、「若青姊真可愛」、「程若青跟我回家」的呼聲。

只有向天心一人傻愣在原地，任由汩汩冷汗不斷自額頂冒出。

別說要在鏡頭前搔首弄姿了，論這輩子最討厭的場合，開學時的自我介紹絕對是首選。可是現在她居然還要在全國……不，如果是綺星娛樂的話，全球都有可能……她居然要當著全球觀眾的面自我介紹……

這下不只手心，向天心感覺自己就連腳底也開始滲出冷汗來。

依照這個排列的順序，向天心會是最後一個自我介紹的練習生，也就是說……前面的人越是賣力，她肩上的重擔也就越大。

「大家好，我是綺星娛樂人見人愛的老么余美娜！最擅長的不是唱歌跳舞，而是用殺人微笑射穿你的心！」美娜說完對著鏡頭甜美一笑，自然地比出一個拉弓射箭的姿勢。

只能說，能把那麼中二的動作做到就連在場評審都忍不住綻放寵溺笑容的程度，余美娜確實是個天生就自帶偶像光環的人。

「各位星球創造者們好，我是皮膚白得像白雪公主，所以名字叫做崔雪的崔雪，因為我們A組幾乎都是vocal和dancer，A組的rap擔當我就不客氣地拿下了。」

這個是節目組事先安排好的橋段，這個時候坐在齊俊傑右手邊的評審會舉起面前的麥克風，要求崔雪表演一段。

話。

趁著這個空檔，向天心不斷在腦海裡重複練習等一下輪到自己時要說的

崔雪的表演雖然不如其他本來就擅長 rap 的練習生來得精湛，但確實也在水準之上，就連齊俊傑都在表演結束後笑著誇讚她很有潛力。

終於……最不想面對的事情還是來了，當在場所有人紛紛將視線落在自己身上，向天心頓時感到一陣頭皮發麻，臉部肌肉不自覺地又開始抽顫了起來。

見她愣愣呆在原地遲遲沒有開口說話，李玉祥又一次笑著替她解圍：「向天心練習生，妳是站著睡著了嗎？」

雖然依舊是用這種會讓全場爆笑的問話方式。

儘管氣氛緩和了，但是經過眾人這一笑，向天心腦海中擬好的草稿全給忘了。

僵硬地握著彎至嘴邊的掛耳式麥克風，用力吸了一口氣，說話時，向天心甚至都能感受到自己的心跳，徹底打亂了原有的說話節奏：「大……大家好，我是心……向天心練習生，我還是個新人，謝謝。」

我還是個新人？what？

等到回過神來，向天心才發現一切都已經太遲了，雖然評審席的三個評審非常努力地憋笑，但最終齊俊傑還是沒忍住，仰起頭狂放地笑了起來。

向天心漲紅著臉不知所措地站在原地，就連程若青笑到全身無力地倒在她

身上，她也不知道該做何反應。

向天心唯一知道的，就是自己徹底搞砸了……

別說是出道了，在節目播出後，她怕是會成為全社群的笑料吧。

緊緊閉上雙眼，向天心又一次露出緊咬下脣的懊惱神情。但她還是不斷在心裡安慰自己，至少她已經把該做的都做了，接下來應該能安安穩穩地回到位子上，相安無事地等到錄製結束吧。

怎料……齊俊傑似乎沒有要放過她的意思。

「那個……新人向天心，我覺得妳很有趣。」

抓準時機放下麥克風。全場頓時陷入一陣歡聲雷動的呼聲之中。

「嗚呼！新人向天心！」

「天心姊真有妳的！」

看臺上的練習生又一次拱起手朝著舞臺的方向起鬨。

齊俊傑更是乘著這股氣勢，開始翻閱手邊的資料：「我看資料上面寫，向天心練習生十三歲就進入我們公司當練習生，今年剛好是第十年，跟若青一樣都是在綺星待了十年以上的練習生。」

「嗯……對。」

「那麼這樣應該不算是新人吧？為什麼會說自己是新人呢？」

幹！我不知道！

此刻，向天心的內心是無比崩潰的……

眼看全場都在等候她的回覆，她也只能絞盡腦汁極力挽救自己捅出的婁子。

「因為……」垂著眼簾苦思，腦筋在短短幾秒鐘內飛速地運轉。

最終向天心用力吐了口氣，緩緩抬起眼來接上齊俊傑興奮的目光：「我時刻讓自己保持著新人的心態，絕對不會因為自己已經練習十年了……而……而怠惰每一天的練習。」

簡直就是一本正經的胡說八道。

緊緊閉上雙眼，向天心本來已經做好再次被全場嘲笑的準備，沒想到齊俊傑卻拿起麥克風感動地對著全場說了一句：「請大家掌聲鼓勵。」

「啊——」尷尬地睜開眼，只見看臺上所有的練習生都賣力地在為自己鼓掌。

我……我做對了什麼嗎？

接連被無情嘲笑了幾次，現在卻因為一番莫名其妙的言論，讓她站在舞臺上不明所以地接受大家的掌聲？

就連走回看臺的座位區時，一些平時沒什麼交集的練習生，也紛紛對著她笑著豎起大拇指，有些甚至親暱地喊她「天心姊」。

總之，錄製就這樣一直持續到了深夜，因為是實境秀，即使回到宿舍，原本空蕩蕩的走廊也架滿了攝影機，甚至就連房間內的角落也不放過。

這哪是什麼選秀節目的錄製現場啊？根本就是監獄吧！

向天心忍不住在心裡哀號。

和她相較起來，其他練習生卻見怪不怪地敷面膜的敷面膜，進練習室練習的進練習室練習，有的甚至自在地躺在床上滑起手機來。

「余美娜！妳不去練習室嗎？」

跟向天心同寢室的有程若青、余美娜，還有一個B組的練習生王子琳。很奇怪，天不怕地不怕的余美娜在王子琳面前就會變得很恭順。

「我……我等一下再去。」

「選秀的舞步妳都記熟了嗎？明天就要驗收了，下禮拜就會公布第一輪觀眾投票，妳現在還有心情玩手機？」

「好啦，知道了，不玩就是了嘛。」

白白被王子琳唸了一頓，余美娜心不甘情不願地踏下床，噘起嘴委屈巴巴地回頭對著在書桌前寫歌詞的程若青，以及愣愣坐在下鋪床緣一動也不動的向天心哀怨地說：「姊姊們，我去練習了。」

「嗯，沒有練足兩個小時不准回來。」程若青頭也沒抬地應了一句。

「齁呦，煩欸，妳們幹麼都對我這樣啊。」

「我也要去錄第一集的訪談了。」酷酷地丟下這句話，王子琳緊跟在余美娜身後走出房門。

寢室內瞬間只剩向天心和程若青兩人。與愣愣待在原地無事可做的向天心不同，程若青已經徹底投入作曲模式，除非是她自己主動開口，不然不管誰和她說話，都要做好被無視的準備。

嘗過苦頭的向天心不打算打擾她，默默將剛剛從管理組的工作人員手中拿回的手機開機。

經歷了一整天的勞動，其實她現在很想立刻進入睡眠模式，但就是很想知道江俊辰那裡有沒有什麼消息。

睡前確認彼此一整天的狀況，無形中似乎成為兩人的默契。雖然向天心很想親自到江俊辰打工的便利商店找他，但是現在受到嚴格控管的自己，基本上就是個無行為能力人……

哀怨地點開訊息欄，只能說即使李玉祥和江俊辰不再是朋友，默契倒也還是一樣好得叫人害怕。

「妳睡了嗎？」

「妳睡了嗎？」

息。

怎麼就連標點符號、文法、想問的問題都能一模一樣呢？

在兩人的訊息間，向天心毫不猶豫地點進了江俊辰的聊天室。

那句「妳睡了嗎？」是對方一個小時前傳的，那之前還有一段很長的訊息。

「官網上的投票系統如果出來了，我一定每天都會去幫妳投票！這幾天我剛好都要輪夜班，這段時間發生了太多一時無法馬上習慣的事，都忘了在這裡我的身分是學生，結果整個禮拜都沒有去學校上課。昨天收到同班同學傳來的訊息，催我交一個符號學的分析報告，我根本不知道那是什麼……唉，最近真的很努力想適應這個身分……但我發現似乎不是件容易的事。」

反覆看著那段訊息，思索了許久，向天心點按了一個昏昏欲睡的貼圖。

然後寫道：「我也一樣……節目才剛開錄第一天，我就已經開始懷念過去不用面對鏡頭的日子了。」

按下發送鍵後，向天心又在輸入欄裡打下了：「這禮拜休假，我能去找你嗎？」

猶豫了很久，還是遲遲不敢按下輸入鍵。

「啊！」淒厲的尖叫聲，打破了房內的平靜。

被程若青突如其來的喊聲嚇得渾身一顫，向天心驚魂未定地抬起頭來，卻看到坐在旋轉椅上的程若青，以一個極度不科學的姿勢，仰著頭倒臥在椅背上，一頭長髮因為重力向下垂墜，白皙的額頭也因為倒臥的姿勢充血而變得通紅。老實說，從這個角度看過去，向天心由衷感覺那個畫面，實在很像電影裡會出現的倒掛女鬼。

「……怎……怎麼了？」

「我想不到……靈感枯竭……寫來寫去都只能寫出一些很膚淺的東西……」抱怨完，程若青又對著天花板失控地大喊了一聲，聲音大到就連隔壁的練習生都跑來她們房間裡關切。

窄小的房內頓時擠滿了人，七嘴八舌地讓向天心一時間有些不知道該怎麼辦。低頭看了一眼依舊握在手中的手機，卻發現自己不知道什麼時候竟然按下了傳送鍵。

正當她著急地想要按下收回，訊息旁的「已讀」字樣卻無預警地跳了出來。

「啊！」

這一回換向天心驚叫出聲。

「怎麼了怎麼了？」一個綁了雙馬尾的可愛少女露出八卦的表情，詫異地出聲詢問。

「啊……沒……沒事，我只是突然覺得……肚子有點不舒服。」緊緊摟著肚子，向天心悄悄將手機收回口袋裡。

「是吃壞肚子了嗎？」

「還是今天太緊張了所以胃不舒服？」

「欸，不過天心姊今天真的是太好笑了，『大家好，我還是個新人』妳們不覺得很好笑嗎？」

「真的！而且感覺傑哥很喜歡天心姊！」

「今天的分數都被向天心拿走了啦！」

在大家妳一言我一語的討論中，向天心滿腦子只想著剛剛沒有做好心理準備就發送出去的訊息……

那行訊息不管正著看還是反著看，都像是別有居心的約會邀請……

加上江俊辰為了適應新身分已經夠忙了，如果因此被拒絕的話……向天心知道自己一定會很難過。

「啊……我肚子實在是太痛了，妳們聊，我先去解決一下。」

與其坐在這間人聲嘈雜的房間裡坐以待斃，不如逃到一個安靜的空間盡快把事情解決。

不過首先……必須先找一個可以避開在場幾十雙眼睛，和數十臺攝影機的監視才行。

如果是這樣的話……全公司上下大概也只剩那個地方了吧！

三步併作兩步地走出宿舍房門，向天心飛快地穿過架了無數臺攝影機的走廊，走進位在最角落的豪華廁所。

找了一間最角落的廁間，將門帶上的那刻，向天心立刻緊張地背靠著門緊緊閉上雙眼大口喘息。

待她做好萬全的心理準備，才緩緩將手機從口袋裡掏出來。

這還是向天心第一次這麼慎重地看待一個人的訊息。

半瞇著眼顫抖地點開那條幾分鐘前傳來的提醒，向天心一顆心跳得飛快。

「妳大學時做過分組報告嗎？」

咦？

來回確認了江俊辰傳來的確實就只有這一句，向天心的心情瞬間盪到谷底。

所以……她這是直接被忽略了？

簡直比被拒絕還慘……

將臉緊緊貼在粉色的隔板上，向天心打從心底發出了小狗被主人拋棄時才會發出的悲鳴。

雙手緊緊揪住頭髮，煩躁地又是咬牙又是跺腳。

一番自我厭惡後，還是勉強自己打起精神來，垂頭喪氣地打了句：「當然啊，哪個大學生沒做過分組報告，哈哈哈。」

儘管文字在笑，向天心的心卻在哭。

她甚至想過，還是乾脆就這樣厚著臉皮用開玩笑的方式提醒江俊辰，「我的休假很珍貴喔，你真的不想要嗎？」

想了想，還是決定不要再做出任何會讓自己後悔的事。

手機微微震動了下，她不抱任何期待地低頭看了一眼。

「太好了！妳什麼時候休假？如果時間允許的話，可以把一整天的時間空下來給我嗎？」

用力揉了揉眼睛，向天心簡直不敢相信自己看到的。

如果依照這個前後文的邏輯，她先問了江俊辰休假時能不能去找他，然後對方問她有沒有做過分組報告，她說有，所以江俊辰要她把一整天的時間空下來，去陪他……

做分組報告嗎？

當然沒問題！幫你做都行！

跌到谷底的心情立刻像是乘著豪華熱氣球升至高空眺望美好風景那般，向天心甚至感覺自己彷彿在那行訊息間，看見了江俊辰帶著淺淺梨渦的好看笑顏。

嘴笑眼笑地在廁間裡扭來擺去，最後向天心還是故作矜持地回應道：「禮拜四跟禮拜五。看你什麼時間方便。」

「我星期五有班，先約星期四可以嗎？結束後請妳吃飯。」

收到江俊辰傳來的簡訊，向天心激動地差點直接將手機拋向天花板歡呼。

她上輩子是拯救了銀河系吧！

帶著升天的顱骨心滿意足地走出廁所，向天心甚至覺得今天一整天在攝影棚內所受的苦，根本就不算什麼！

若是要她現在立刻到棚內錄個三天三夜，她也願意。

不過滿心歡喜地走到連接宿舍的長廊，周圍卻猛然傳來一陣濃郁的佛手柑香水味。

還來不及反應，下一秒，向天心便感覺自己腳步紊亂地往後踉蹌了一下。

而後，環繞在她肩上的大手微微一使勁，後背即刻染上一抹不屬於她的溫度。

「新人向天心，妳怎麼能把妳的青梅竹馬一整天孤孤單單地晾在一邊呢？訊息也不回？」

「啊……！」錯愕地撥開那雙強而有力的手，向天心下意識地往後退了好大一步。

「我……我哪有。」

「妳還敢說沒有，我出了攝影棚後就一直在找妳。」

「找我？」疑惑地指了指自己的方向，向天心吶吶地問：「是說……我們真的可以在這裡閒聊嗎？」

「為什麼不行，妳對我好一點的話，哥哥帶妳出去吃宵夜都行。」李玉祥說著，又一次親暱地勾住向天心的肩膀。

尷尬地側身躲開李玉祥的肢體接觸，向天心左右張望了一下：「這裡……到處都是攝影機欸。」

「這裡沒有攝影機，宿舍走廊才會有。」李玉祥抓了抓鼻子，偏著頭停頓了好一陣子才接著說：「向天心，為什麼……我覺得妳最近好像怪怪的，總覺得……妳好像……老是在躲著我。」

「蛤？」錯愕地仰起頭來，目光就這樣撞進了李玉祥那雙帶著些許邪魅氣息的桃花眼。

不知所措地躲開那雙追問的眼睛，向天心語無倫次地辯解：「可能是……因為最近選秀……變得比較敏感……的關係。」

「真的是這樣嗎？」不知道為什麼，李玉祥的語氣突然變得嚴肅：「自從……」即使刻意壓制情緒，向天心還是感受得到對方語氣裡的不甘心。

「自從江俊辰那個傢伙又開始出現以後……我就覺得妳變得怪怪的……」

「喂，你……你想多了。」

氣氛一時間，突然變得很像在哄吃醋生氣的男友。

從李玉祥對自己一下勾肩、一下背後抱的諸多曖昧舉動，向天心明白自己剛剛下意識拉開距離的反應，應該傷到他了。

唉，畢竟原本的向天心在這個世界裡應該是喜歡李玉祥的啊……

在心裡默默嘆了口氣，向天心逼著自己昧起良心，掛上一抹甜美的笑容，僵硬地一把勾住李玉祥的手臂，竭盡全力用撒嬌的語氣安撫道：「我才覺得你最近怪怪的勒，怎麼……我跟江俊辰走太近，所以你……你吃醋啊？」

噁，太過了太過了。

畢竟從沒做過這種事，向天心一時間沒掌握好感度，忍不住別過頭去自我噁心了一番。

本以為李玉祥聽後應該會維持平時嬉皮笑臉的回話方式，沒想到對方卻露出一副無比認真的神情，將被向天心勾著的手往自己的方向一拉。

這下好了，別說安撫了，反倒讓自己掉入了狼坑。

抓著她的手臂傾著身，李玉祥高挺的鼻梁掃過她的臉頰，望著向天心的眼神就像隻被侵犯了地盤而吃味的猛獸：「對，如果妳知道這樣會讓我吃醋，就不要跟他走那麼近，我要妳……只看我。」他用霸道低沉的語氣毫不掩飾地承認道，配上那帶著濃濃醋意的低喘，雖然不想承認，但向天心確實被殺了個措手不及。

唉，做到這種地步，她真心覺得自己真的已經仁至義盡。

在短短二十三年的人生裡，她還從未碰過這般有如霸道總裁小說才會出現的情節。

總覺得女主角在這種時候，應該要說點讓男主角有臺階下的話。

可是她心裡卻很明白……在這個世界裡……她並不是真正的女主角。

忍不住在心裡一頓哀號，最終向天心還是做了一個既能安穩脫身，又不會傷害到李玉祥的方式。

「啊——」抽開被對方緊緊握住的手，向天心先是往後退了一大步，然後露出一臉猙獰的表情緊緊摟著肚子。

「怎麼了？」李玉祥被她突如其來的反應給嚇到了，著急地往前踏了一步，只是在他觸碰到自己之前，向天心便激動地出聲阻止。

「停！你先不要靠近我……哎喲，我的肚子……從剛剛就開始……很痛。」

「那怎麼辦？要去醫院看看嗎？」李玉祥露出一點擔心的表情，著急的準備從口袋裡掏出手機。

「不用不用……」說話的同時，向天心已經悄悄將腳尖對準廁所的方向，「我……我去一趟廁所就好……時間也不早了，你就別管我了，趕快回去吧。」

「可是……」

「真的……不用麻煩！」硬生生打斷李玉祥的話，向天心跺著腳故作著急地往廁所的方向移動，還不忘裝作很痛苦的樣子頻頻對著李玉祥說：「你先回去吧……我保證……有什麼事情……我一定第一個聯絡你。」

不再給李玉祥回話的機會，她邁開腳步頭也不回地往廁所的方向狂奔。

與其和李玉祥繼續糾纏不清，裝作拉肚子暫時避一避雖然丟臉，但至少不用勉強自己配合。

雖然以偶像的角度來說，她是很喜歡李玉祥沒錯，但是現在他們之間的距離可不只有偶像和粉絲那麼簡單……

李玉祥把喜歡向天心這件事表現得極度張揚，但她真的……過不了自己心裡這關。

原本的向天心……請妳千萬要原諒我！

為了保全妳的世界，我已經盡力了，但妳的男人太失控，小妹我……我招架不住啊。

將自己鎖進廁所前，向天心在心底暗自發誓，不管是選秀、交際、生活方式，她真的通通都可以配合，而且會盡全力做到最好。

唯獨和李玉祥談戀愛以外的那些……她會努力讓一切保持原狀，直到還給主人的那一天。

當然……如果還能替原本的向天心實現出道的夢想，自然是最好。

前提是……她能在李玉祥的強烈攻勢下……安穩度過這些日子。

第四章　仰望星辰

和江俊辰相約見面的隔天，便是節目首播的日子。

儘管現在走在路上不會有人認出自己來，謹慎起見，向天心還是全副武裝地來到約定地點。

有趣的是，這個世界裡江俊辰就讀的學校居然和自己過去時一樣，所以一來到校門口，就讓向天心有種異常熟悉的感覺。

因為是平日的關係，校園裡十分熱鬧，不過她還是很快地認出遠遠朝自己走來的江俊辰。

那雙傲人的長腿和寬厚的肩膀，即使在人來人往的校園裡也很難被忽略。加上現在也不需要戴帽子和口罩遮擋顏值了，當江俊辰一張俊臉出現在校門口，即刻就引起了一陣騷動，當然和過去那種爆裂式的騷動不同。

畢竟對著偶像尖叫的粉絲不會被當作怪人看待，但是對著大學裡面會見到的帥氣男同學尖叫，百分百會被當作花痴。

看著一眾女同學又是竊竊私語，又是暗自偷拍的，向天心沒來由在心裡感嘆江俊辰天生自帶的偶像光環。

「那個……我突然發現，和妳約在這裡見好像有點不適合。」快步在她面前停下，江俊辰臉上浮現一抹為難的表情。

「啊！」左顧右盼了一陣，向天心發現周圍確實有許多投向他們的目光，「也是……約在這裡，讓你感到很不自在吧。」

「不是。」只見江俊辰搖了搖頭，巡視了一圈周圍的人群。

順著江俊辰的目光，向天心也跟著看向自己左手邊的方向，只是什麼都還沒來得及看清，下一秒卻猛地被江俊辰一把攬進懷裡。

「別往那裡看。」

在聽到這句話前，向天心都是處在一個驚魂未定的狀態。

其實比起江俊辰溫柔的嗓音，她感覺自己的心跳似乎更有存在感。

因為她現在正緊緊靠在江俊辰的懷裡，鼻腔裡充斥著他衣服上衣物柔軟精的香氣。江俊辰今天在一件素白色的棉質上衣外，套了一件短袖格紋襯衫，扯著敞開的襯衫，將向天心緊緊包裹在一個讓人很難不產生遐想的範圍內。

「跟緊我，我們走這邊。」

因為視野受到遮蔽，向天心也只能一動也不敢動地貼著江俊辰移動。

「在我通知妳之前千萬不能把頭抬起來。」

「啊……好。」

雖然表面上裝得很淡定，但向天心感覺自己渾身燙得跟暖爐一樣，就連心跳也難以自控地越跳越猖狂。

心臟啊，拜託你安分一點，不然真的會被發現的啊。

撇除失控的心跳和體溫之外，向天心是真心希望這段路可以永遠沒有盡頭。

只是約莫走了三分鐘，江俊辰就緩緩鬆開緊摟著她的手，「這裡應該沒問題了。」

心不甘情不願地離開那副厚實溫暖的胸膛，向天心抬起頭來發現，這裡正是學校側門。過去和鄭芮允下課後若是要去「耀眼如你」唸書，便會約在這裡集合。

「雖然不知道是不是有人認出妳來了，但是綺星的選秀一直以來都很受關注，加上海報跟相關文宣通通都已經釋出，還好妳夠聰明有戴帽子和口罩擋著，不然到時候在節目播出前出問題就不好了。」

聽了江俊辰的話，向天心才赫然發現，原來剛剛在校門口，江俊辰並不是因為被人群注視才感到不自在，而是因為她……

對啊！因為現在的情況已經完全反過來了，在這裡她才是偶像，向天心卻總是無法很快意會過來。

「看來圖書館應該是不能去了。」江俊辰說著，拿出手機開始搜尋其他合適的地點。

「那個……如果你不介意的話，我知道有一間還不錯的咖啡廳，就在這附近。」

向天心說的正是「耀眼如你」。

在江俊辰抬起一雙清澈眼眸望向自己時，向天心還不忘補充了句：「那裡的百香果綠茶特別好喝。」

自從上一次來到店門前卻被好友一把推開以後，向天心便再也不曾來過這裡。

距離那間現名為「Ｂ６１２」的咖啡廳越近，她心裡便越發緊張。

這段時間，她其實一直都很想念鄭芮允，想念那個三不五時就會來到租屋處和自己一起擠在電腦桌前的好友……

「我記得……我好像來過這裡。」

一面攪拌著面前的百香果綠茶，江俊辰抬起頭來對著向天心漾起一抹燦爛的笑，「百香果綠茶確實很好喝。」

「你是跟白宇一起來的對吧？」

「妳怎麼會知道？」將面前的抹茶蛋糕推到向天心面前，江俊辰語帶笑意地問。

「哇哇哇！為了防止你誤以為我是會跟蹤偶像的那種狂熱粉絲，我要在此澄清，我真的沒有跟蹤你喔。」舉著右手擺出一個發誓的手勢，向天心振振有詞地說。

沒想到這番話卻惹來了江俊辰的爆笑，他先是嗆了幾口飲料，而後便仰起頭來發出帶著規律的招牌笑聲。

以前只能透過螢幕遠遠看著江俊辰的時候，向天心就忒喜歡聽他笑，甚至有網友將江俊辰的笑聲剪成合集，那時候她每天都會重複播放個好幾遍。

雖然江俊辰一直以來都是個愛笑的人，可是能讓他發出這樣的笑聲，通常都是和團裡的成員在一起打鬧，或是真的發生了一些很有趣的情況，才會讓他笑得這麼不顧形象。

「不用特別發誓吧，我又沒有說妳什麼。」好不容易止住笑意，江俊辰默默跟著模仿了一次向天心浮誇的反應。溫柔地接著說：「我知道在原本的世界裡，這裡的老闆是妳朋友，所以妳會知道也是很正常的。」

「對啊……」聞言，向天心有些失落地點了點頭，「不過在這裡……我們不再是朋友了。」

「冰拿鐵跟焦糖布丁，請慢用。」

向天心語音方落，身後便響起那道熟悉的女聲。

緩緩放下手中的餐點，鄭芮允並沒有馬上離開，愣愣將目光移至向天心身上：「啊……妳是……上次的？」

見到她的反應，向天心不好意思地垂下眼簾。她知道上次見到鄭芮允時的舉動，應該真的嚇到她了。

「啊，上次真的很不好意思……」說出這句話時，向天心的左邊胸口無預警地揪了一下。

沒有鄭芮允的世界其實很寂寞，這也是到這裡之後，她最無法習慣的事。

「天啊！難怪我覺得妳很眼熟。」無視她的道歉，鄭芮允臉上卻漾起一抹興奮的笑容。

「妳……妳認識我嗎？」錯愕地仰起頭來，向天心緊張地接上鄭芮允的目光。

「當然啊！」鄭芮允激動地點了點頭，而後意識到自己似乎反應太過了，左右張望了一陣，接著壓低聲量在向天心耳邊說：「妳是綺星娛樂的練習生對吧？我很期待明天的首播，妳本人比海報還有預告裡都還要更漂亮欸！」

「啊……？」

「妳放心……我絕對不會告訴別人妳今天跑來我的店裡約會……」沒有發現向天心臉上錯愕的表情，鄭芮允自顧自地接著說：「還好你們選的位子很隱密，今天的餐點就當是我招待你們的吧！這間店是我姊開的，有什麼想吃的儘管跟我說不要客氣！」

「啊謝……謝謝妳。」

愣愣目送鄭芮允離開的背影，那一刻，向天心赫然發現，自己似乎遺失了一些過去的自己從來沒有好好留意過的，對她而言非常珍貴的事物。

「她是妳很要好的朋友嗎？」也許是注意到了向天心臉上的失落，江俊辰柔聲問道。

「嗯。」勉強擠出一抹大大的微笑，「她是我……最好的朋友。」向天心淡淡地說。

「是嗎？」默默點了點頭，江俊辰輕輕將眼前的焦糖布丁推到向天心面前：「都給妳吃吧。」

被他的反應逗笑，向天心故作輕鬆地輕啜一口面前的拿鐵，問：「我們現在……可以說是同病相憐嗎？」

「就沒有朋友這一塊，似乎是一樣的。」江俊辰說著，也跟著調皮地笑了笑。

望著他嘴角邊凹陷的可愛梨渦，向天心不打算繼續自尋煩惱。

反正都已經決定好撐完這檔選秀了，而且……又不是說……他們……永遠都回不去原本的世界了……

不敢繼續往下思考，向天心用力甩了甩頭，吸了一口氣，開口對著江俊辰說：「反正那些現在也都不重要了，我看我們還是趕快開始來做報告吧。」

江俊辰要完成的報告並不是很難，短短兩個小時的時間，向天心就像個軍師一樣。

「這裡的字不用太多。」

「資料要標示出處。」

「商品圖片和符號學概念這裡可以再多說明一點。」

對於她的建議，江俊辰也是奉為聖旨，一個字都沒漏地通通照單全收。

當那份簡明扼要的報告終於落下「感謝聆聽」四個大字，江俊辰兩眼放光來回滑動著游標：「妳一定是天才吧！在今天以前，我真的不知道該怎麼做簡報。」

能被自己的偶像這樣誇獎，向天心當然很開心。

「你以前都沒有做過這些嗎？」

靦腆地點了點頭，江俊辰有些不好意思地說：「我其實……高中的時候開始，一個禮拜就只有一天的時間會去學校……因為那時候幾乎每天都要進公司練習。」

「那你應該很不習慣吧，要上課還要打工的生活可不輕鬆呢。」幫江俊辰處理好ＰＰＴ排版，向天心露出一臉「姊也是過來人」的表情。

「我最近在超商還是整天被罵……學校裡的東西也都看不太懂，畢竟我自從國中以後就沒什麼進過校園了。」江俊辰從後背包裡拿出了一本厚重的課本：「而且原本的江俊辰似乎是個很認真的人，課本都翻爛了，還抄了很多筆記。」

「哇！真的欸，這種程度應該是每個學期都可以領到獎學金的那種優良學生。」難以置信地翻閱那本密密麻麻的教科書，向天心發自內心感到佩服。

「妳以前讀大學的時候應該也是這樣一邊讀書，一邊打工吧。」

「我……我嗎？是這樣沒錯啦。」但是我每個學期都處在被當邊緣就是了。

面對江俊辰的提問，向天心感到無比心虛。

至少不管在哪個世界，江俊辰都活得很認真，而她……光用想的，就讓人感到慚愧。

「選秀很辛苦吧，妳本來就會跳舞嗎？」完成報告後，江俊辰看上去整個人都輕鬆了，自在地開始和向天心閒聊，「公司在練習生的基本功訓練上一直都很嚴格，以前還在當練習生的時候，每天的練習一定都會超過十小時以上。」

「跳舞對我來說比較容易，因為我原本就喜歡，雖然程度跟其他練習生比起來還是有差，但是努力練習後至少勉強能跟上。反而適應鏡頭的部分比較困難，在舞臺上的狀態跟練習的時候永遠都不會一樣……」

也許是因為現在彼此經歷的人生，和過去的自己都有某部分的重疊，所以兩人聊起天來很有共鳴。

「那妳應該是真的有天分，我很期待首播。」將面前最後一口百香果綠茶喝完，江俊辰又一次露出好看的笑容。

「你還是不要太期待……比較好。」想到自己這陣子在鏡頭前的表現，向天心有預感節目播出後，她應該會成為全球人民眼中的笑料。

「不要那麼沒有自信嘛。」江俊辰說著，嘴角邊又一次浮現兩個可愛的梨渦：「而且妳真的比我厲害多了，不像我現在什麼都適應不了。」

「超商的工作很辛苦吧？」

「嗯。」江俊辰無奈地扯了扯嘴角：「要學的東西實在太多了。」

默默點了點頭，在江俊辰心滿意足地闔上筆電的那刻，向天心接著問：「那你等一下還有課嗎？」

不明白向天心為什麼會這樣問，江俊辰愣愣地搖了搖頭：「每個禮拜四是我一週唯一可以放假的時間，因為今天既沒有排課……也沒有排班，所以才想說跟妳約今天，結束後我還能請妳吃個飯。」

「那……與其請我吃飯，不如陪我一起去一個地方，你覺得怎麼樣？」

「去哪？」

「去一個，這段時間……我一直很想去的地方。」

雖然不知道向天心會帶自己去哪，但江俊辰還是毫不猶豫地答應了。

「你在這個世界裡有朋友嗎？」

在空無一人的公車上，向天心愣愣地轉過頭去這樣問道。

「朋友？」江俊辰還真沒思考過這個問題。

過去他的朋友都是綺星娛樂裡的練習生，或是身邊一起工作很久的工作人員，仔細想想確實沒有除了工作夥伴以外的朋友。

至於這個世界的江俊辰嘛……

「好像……沒有，或是我還不知道。」如果這個世界的江俊辰沒有當上練習生，那麼在老家那裡應該會有一些一起長大的朋友吧。

但那跟自己似乎也沒什麼關係，江俊辰不禁心想。

「是嗎？」

若有所思地點了點頭，向天心兩眼直視著前方，有些不好意思地說：「既然這樣的話……那麼我當你的朋友吧。」

「當我的朋友？」

「對啊。」向天心偏著頭，吶吶地說：「再說……我們原本就是朋友啊，我的意思是……這個世界的江俊辰和向天心原本就是好朋友，同年同月同日生的同齡朋友。」

「同年同月同日生？」

「嗯，我跟你一樣都是一九九九年九月十九日出生的，很巧吧。」向天心說完接著補充：「而且我現在在這個世界裡也沒有朋友了，朋友嘛，基本上就是可以一起搭公車、一起做報告，一起……嗯……反正可以一起做這些事情的話，基本上就可以稱作朋友了。」

「原來是這樣……」

聞言，江俊辰若有所思地點了點頭。

不知道為什麼，對於這樣的提案他並不討厭，這陣子跟向天心待在一起的時間他總是覺得很開心。

不管是那天在巷口哭哭啼啼對著他說的那一番話，還是在租屋處一起吃著泡麵的時光，甚至是在學校附近的咖啡廳裡一起做報告，這些都是過去的江俊辰不曾、也不可能體會過的。

即使知道對方是自己的粉絲，但既然現在他不是偶像了，和向天心當朋友應該也沒有什麼太大的問題吧。

儘管過去經紀人和白宇哥總是提醒他要和粉絲保持好距離，他自己也很清楚這點，所以總是在盡量不讓粉絲失望的情況下，盡到自己的責任，用所有可以回報真心愛著他的人的方式，努力在舞臺上發光。

「好啊，我們當朋友吧。」

在公車靠站前，江俊辰對著向天心溫柔地說道。

雖說是自己提議的，但聽見江俊辰的回應，向天心還是沒忍住耳根發燙。

讓她感到慶幸的是，公車剛好到站，下車時，她走在前頭，江俊辰看不見她臉上的表情。

「這裡是……？」

走下公車後，江俊辰疑惑地左右張望了一陣。

「我看看喔……」無視一臉疑惑的江俊辰，向天心自顧自地說道：「我記得售票處是在那裡，這個時間這裡人少，距離閉館時間還有五個多小時。」

跟在向天心身後，江俊辰依舊不明白向天心帶自己來這裡的原因。

「您好，我要一張學生票、一張全票。」話說到一半，向天心轉頭望向愣愣站在自己身後的江俊辰：「學生證你應該有帶吧？」

聽話地將學生證交到向天心手上，江俊辰還是第一次在這個時間來到遊樂園。

上一次來到這種地方，他早已記不清是什麼時候的事了。

「我跟你說，這裡可不是普通的遊樂園。」

拿著買好的門票走進園區裡，園內的景況也確實如向天心所說的十分空蕩。

「以前我高中畢業旅行時來過一次，就一直對這裡念念不忘。上了大學後，心情不好或是心情好的時候，偶爾……我會跟朋友一起搭公車來這裡玩，剛剛在查路線的時候，我還很害怕這個世界裡會不會沒有這個地方，還好它還在。」

江俊辰是知道這個地方的。過去在當練習生的時候因為行程很滿，學校的活動幾乎都參與不了。他就老是想著之後如果有機會他也想嘗試一下和朋友一起去遊樂園的感覺，不過出道後可以來這種人多的地方，也只剩下綜藝節目的拍攝現場，偏偏 SOLO 很少外景綜藝，他也沒有機會嘗試。

「吶，這裡很大喔，這個是地圖。」

從向天心手中接過地圖，江俊辰一眼就看到在地圖最中央的雲霄飛車。

「我想玩這個。」激動地指著那個可愛的圖標，江俊辰難掩興奮地說：「我一直很想玩玩看雲霄飛車。」

「那有什麼問題！」向天心語帶笑意地說：「我們今天就把這裡所有——的東西通通玩過一遍，我還可以帶你去搭遊園列車，可以近距離看到大象跟獅子，還有你最喜歡的熊。再說這種地方，果然還是要跟朋友一起來才會有趣。」向天心一面興奮地研究著地圖，一面滔滔不絕地說，沒有注意到身旁的江俊辰正眼帶笑意地望向自己。

「而且來遊樂園最重要的就是一定要吃冰淇淋，這裡的冰淇淋很好吃。」向天心說著愉快地仰起頭來，眨著一雙大大的眼睛興奮地望向江俊辰：「你喜歡什麼口味的冰淇淋？」

下意識地避開向天心的目光，江俊辰有些尷尬地抓了抓鼻子，吶吶地回道：「百……百香果。」

發出一聲浮誇的驚呼，向天心用略顯誇張的語氣說：「天啊！百香果口味的冰淇淋很少見欸，不知道今天有沒有辦法實現你的願望。」

「那妳呢？妳喜歡什麼口味的？」

「嗯，我嗎……？薄荷巧克力跟草莓我都很喜歡。」

「跟白宇還有秦皓宣一樣。」

兩人默契地同時脫口而出。

向天心驚喜地仰起頭來，笑容燦爛地望向江俊辰：「哇！我們默契真好，難道這就是同一天生日的魔力嗎？」

望著那抹天真的笑容，江俊辰突然有種很微妙的感覺，心裡似乎有些一直以來被他小心翼翼保護著的東西，就這樣悄悄剝落了。

過去，他總是努力和所有喜歡他的粉絲保持距離，不只是物理上的距離。江俊辰很清楚那是一種感覺，在對方接近自己之前，他便會率先掛上那抹只會在鏡頭前露出的笑容，到後來他甚至分不清楚那到底是發自內心的笑，還是就只是一張虛假的面具。

也許留言區的那些評論說得也沒有錯。

他確實很虛偽，可是他知道自己依然很喜歡舞臺，只是很多時候他時常搞不清楚，那些在臺下瘋狂愛著他的人，還有在宿舍門口堵著他的是不是同一群人？他很感謝他們喜歡他，老實說他很清楚如果沒有這些愛著他的粉絲，他不可能成為SOLO，也不可能站在那麼大的舞臺上做自己喜歡的事，但他就是不知道自己到底需不需要把這些愛、希望，還有期盼通通視作肩上的責任。

有些私生飯甚至偷偷闖入宿舍，蹲在陽臺上舉著相機偷拍；在馬路上光明正大地跟蹤他；還有人匿名寄恐嚇信到他的粉專，甚至接過黑粉打來的恐嚇電話，雖然都在公司的協助下報警處理了，他心裡卻總是會留下疙瘩，有好一陣子甚至需要依靠服藥才能入睡。明明SOLO的所有人都經歷過同樣的狀況，但江俊辰卻覺得，和其他成員比起來，他就是習慣不了，所以……他只能裝。

裝作沒看到也沒聽到，明明知道不是所有粉絲都是別有居心，也有許多和向天心一樣默默支持、單純地給予鼓勵的粉絲，但江俊辰就是會下意識地和所有人保持距離。

可現在……望著那抹於暖暖陽光下綻放得異常燦爛的笑容，江俊辰卻覺得她好像不一樣，他不確定……也許是他的錯覺，畢竟過去的他從來沒有跟粉絲成為朋友的經驗。

「那我們先去玩雲霄飛車，玩完之後呢，就從這條路走到遊園列車搭乘的地方，然後再去吃冰淇淋，你覺得怎麼樣？」

待在她身邊……是不是就能暫時喘一口氣了呢？

江俊辰忍不住心想。

如果真的是這樣的話，他想給自己一個機會試試看，至少和她待在一起的時間，讓自己暫時什麼也別想地享受一段安靜的片刻。

「好啊，都聽妳的。」

仰起頭來接上向天心興奮的目光，江俊辰不自覺地微微漾起嘴角，淡淡地說。

「你知道為什麼那麼多喜歡在壓力大的時候，來遊樂園玩嗎？」坐在最前排的位子，向天心繫好安全帶後，彎著一雙眼睛仰起頭來望著江俊辰。

江俊辰低頭確認了一眼自己腰際上的安全帶，愣愣地搖了搖頭。

「哎呀，你扣錯了。」

還沒來得及反應，一股清爽的玫瑰花香氣就這樣毫無預警地衝入鼻腔。望著向天心彎著身認真地將自己身上的安全帶繫好，江俊辰僵直著背脊一動也不敢動，左邊胸口卻突然傳來一陣劇烈跳動。

「好了，這樣應該就可以了。」

笑著仰起頭來，向天心接上江俊辰目光的瞬間才猛然意識到，兩人似乎靠得太近了，尷尬地扯了扯嘴角，吐了句淡淡的「抱歉」。

而後，裝作什麼事也沒有地將頭頂的安全桿拉下，語帶笑意地對著江俊辰最後說了句：「等一下雲霄飛車從最頂端往下衝的時候，你就把想說的話通通說出來。」

「嗯？」江俊辰偏著頭，學著向天心緊緊抓住架在胸前的安全桿。

「這是只有雲霄飛車可以達成的解壓方式喔。在雲霄飛車上把心裡想說的通通吼出來，除了你自己以外，不會有人聽得見。」

向天心語音方落，雲霄飛車便緩緩動了起來，剛開始都還只是很平緩的緩坡，所以兩人還能自在地交談。

「是嗎……那妳要說什麼？」高聳的軌道於眼前延展開來，江俊辰默默地開口追問。

「嗯……我想我會說……」就這樣沉默了幾秒，向天心將頭轉向江俊辰的方向，從這個角度，他們都看不見對方臉上的表情。

「希望過了今天，我們依然還可以是朋友……即使最後我們回到屬於我們的地方。」

聞言，江俊辰遲疑了幾秒，愣愣地問了一句：「回到屬於我們的地方……嗎？」

「嗯，總有一天……我們還是會回去的吧……回到原本的世界，一切就會不一樣了，等到那個時候……在不困擾到你的距離內，我還是可以當你的朋友，雖然應該有很多人想當你的朋友……」

她的聲音隨著越攀越高的列車逐漸削弱，最終車子在最高的地方停了下來。

僵直身子，江俊辰甚至不敢往下望一眼，一顆心撲通撲通地跳得飛快。在那個瞬間，他的腦海裡跑過了自己過去和成員們一起在練習室練習到三更半夜，隔天凌晨卻要早早起床梳化的畫面。

還有那個……不管站上去多少次，都依舊讓他嚮往的舞臺，舞臺下為他歡呼的、流淚的……以及用力愛著他的人。

「要準備往下衝囉！」

向天心的聲音再次於耳畔響起，伴隨著周圍此起彼落的尖叫聲，江俊辰發現自己正奮力張開嘴，大聲唱起了 SOLO 出道時，他為專輯寫的第一首歌。

舞臺的燈光總是很刺眼，他時常下意識地伸出手來遮擋，就和雲霄飛車俯衝而下的瞬間打在身上的陽光一樣。那樣悸動的感覺雖然一閃即逝，但卻是真實存在的，他親自體會過所以很清楚。

最初之所以決定參與那檔選秀的初衷，不過也只是希望自己的音樂可以被更多人聽見罷了。

「如果還能因此成為某些人的安慰，那就真的太好了。」

大多數的時間，他其實真的很喜歡那份工作的。

只是後來，實在有太多沒有預想到的包袱，讓這樣的初衷漸漸地被自己遺忘。

等到回過神來才發現，自己越來越常懷念那段還沒有走入世人眼中的時光……

「今天過後，我應該也沒有辦法像現在這樣，隨心所欲地在遊樂園裡玩了吧？」坐在摩天輪旁邊的位子，舔著剛買來的薄荷巧克力冰淇淋，向天心兩眼直視著眼前高高盪起的海盜船，若有所思地問道。

「嗯，其實今天也有些勉強了。」江俊辰語帶笑意地回應：「我真的很期待能在節目上看到妳的表現，我工作的便利商店是在學區附近，最近不少學生也都會在店裡討論。」

聞言，向天心只是淺淺地笑了笑。

「就連到現在，我依然都覺得這一切很不真實，一早醒過來，所有人都告訴我，我應該這樣做、這是我的夢想，明明應該是我能決定的事情，從那天以後就開始一發不可收拾了。」

「這種感覺我懂。」咬下一口甜筒脆餅，溼溼軟軟的口感江俊辰並不喜歡，索性將餘下半截的甜筒通通塞入口中。

向天心見狀沒忍住笑了，看著江俊辰嘴裡塞滿了食物、一臉疑惑地看著自己，她仰起頭來笑著指著他的臉：「你每次都這樣，不喜歡吃的東西就會一口氣通通塞進嘴裡。」

「我……有嗎？」鼓著腮幫子，江俊辰露出疑惑的表情。

「你不知道嗎？還有粉絲把你上綜藝節目吃飯的所有片段剪成合集。」

向天心不敢告訴江俊辰，自己也曾經為他畫了一個吃了白宇煮的蛋炒飯，因為不想讓白宇傷心，所以乾脆一鼓作氣將碗裡的食物通通扒進嘴裡，最後在鏡頭前臉鼓得像隻花栗鼠模樣的漫畫。

「那個甜筒真的有那麼難吃嗎？」向天心笑著，默默咬下一口自己手上的：「嗯，還真的不太好吃。」

語畢，她也跟著效仿江俊辰一口將剩下的甜筒通通塞進嘴中的樣子，只是她還是太高估自己了，嘴裡一下塞滿了東西，咬碎的甜筒就這樣一個不留神滑進喉嚨，嗆得向天心將嘴裡的食物通通咳了出來。

事情發生得太快，當向天心反應過來，第一個反應當然是緊緊閉上雙眼，因為實在是……太、丟、臉、了。

「妳沒事吧？」

嚇得站起身來遮擋在向天心面前，江俊辰從口袋中掏出衛生紙：「妳先整理一下，在這裡等我，我去幫妳買水跟溼紙巾。」

用乾淨的手一把拉住準備轉身離去的江俊辰，向天心狼狽地用沙啞的聲音尷尬地說：「別……別去，我一個人在這裡……太丟臉了。但是你……你能不能也先暫時轉過身去，咳咳別看著我……我現在咳咳……很想死。」

聽著她用沙啞的聲音說出這番話，江俊辰強忍著笑意，好不容易才能用緩和的語氣回應：「好，知道了。」

而後，揚著嘴角默默轉過身，背對著向天心，他突然很好奇現在她臉上會是什麼樣的表情，想著她剛剛一口氣將甜筒塞進嘴裡的模樣，一時沒忍住「噗嗤」一聲笑了出來。

「喂，你別笑！」

向天心不滿的聲音在身後響起，沒想到這一聲，卻像被誰點開了笑穴，江俊辰再也忍不住，捧著肚子不顧一切地仰頭大笑了起來。

經過的遊客紛紛被江俊辰的笑聲吸引，頻頻往兩人的方向投以疑惑的視線。

「喂，你別笑啦！」雖然嘴上這麼說，但江俊辰的笑聲很有感染力，到最後向天心也受不了，被他的笑聲逗得咯咯笑了出聲。

「你很沒品欸，也笑得太誇張了吧！」

最後，向天心佯裝憤怒地朝江俊辰丟出手上的衛生紙團。

一個側身躲過，江俊辰臉上的笑意更深了：「哪有人明目張膽地搞笑又不准別人笑的啊。」

「我才沒有在搞笑。」噘起嘴，將地板上的衛生紙撿起丟入一旁的垃圾桶中：「到底為什麼大家都說我搞笑呢？我可不覺得這是一種誇獎！」

「有綜藝感也是一種才能啊，多少人想擁有綜藝感，妳都不知道。」自然地將向天心肩上的帆布包順下，江俊辰輕輕將上頭的餅乾屑拍掉：「這裡都還有呢，妳看妳剛剛到底塞了多大口。」

「啊……謝謝。」被江俊辰的舉動嚇了一跳，向天心本想伸手接回帆布包，沒想到清潔完後，對方並沒有打算把帆布包還給她，輕輕將它甩上肩，自顧自開口接著問道。

「話說……接下來要開始能力分組吧？妳目前最想進哪一組，vocal？rap？還是舞蹈？」

「啊……」望著掛在江俊辰肩上的帆布包，向天心一時有些反應不過來，躊躇一陣後，還是決定裝作什麼事也沒有地跟上他的腳步。

「是說，我其實有點擔心節目播出後大家的反應。」

「為什麼？」

走出園區，靛青色的天空染上一抹淡淡的紅霞，向天心微微仰起頭來，發出了一聲讚嘆：「好美。」

聞聲，江俊辰撇過頭去，映入眼簾的是向天心瞇著雙眼的燦爛笑顏，望著夕陽在女孩臉頰上渲染出的淺淺紅暈，他輕輕勾了勾嘴角，淡淡應了句：「就是說啊。」

儘管今天一整天東奔西跑的，他卻一點也不覺得累，這好像是他成為這個世界的江俊辰後，最輕鬆的一天。

「你剛剛說了什麼來著？」

將目光從眼前壯麗的景色上移開，向天心再次將頭偏向江俊辰，臉頰上依舊掛著笑。

不管是以前還是現在，江俊辰對她而言都是使人安心的存在。

「妳說……妳很擔心節目播出後大家的反應。」江俊辰頓了頓，將公車上靠窗的位子讓給向天心：「然後我問妳為什麼？」

「喔」了好長一聲，向天心才緩緩開口：「唉……我本來就不像你、不像李玉祥，更不像原本的向天心那樣，上節目什麼的，對我來說真的太困難了，只希望不要在全世界的觀眾面前丟臉就好。」

「是嗎？」似懂非懂地點了點頭，江俊辰從很小的時候就開始活在鎂光燈下，但是不知道為什麼，他似乎很能理解向天心的心情：「妳是擔心節目播出後，大家不喜歡妳嗎？」

「啊？」聞言，向天心愣愣地轉過頭去望向江俊辰：「我……好像還沒有想到那裡，我比較擔心……主題曲的表現會不會很差，還有……回話是不是回得很奇怪而已。」

向天心確實還沒有想過節目播出後，引頸期盼的觀眾、網友們會對自己做出的評價，經過江俊辰的提醒，她突然開始緊張起來。

如果……節目最後被剪輯得很奇怪，她成為一個沒有實力又很滑稽的角色怎麼辦？

如果……因此成為全網攻擊的對象，還沒有辦法為自己辯解怎麼辦？

如果……網友覺得她長得不討喜，實力也不如預期，那麼節目曝光以後，她還能像現在一樣，抱著對於所有一切都充滿新鮮感的熱情，繼續替向天心實現她的夢想嗎？

「如果節目播出後……大家不喜歡我怎麼辦？」向天心開始感到不安。

「老實說選秀節目其實很靠運氣……因為節目上所有的片段都不是還原，而是一種再現，加上數萬名觀眾就會有數萬種解讀方式，愛笑的人可能被說假，不愛笑的被說耍大牌，明明前面十次都表現得很好，卻因為一次失誤被說沒實力的大有人在……」

「是……是嗎？」

正當向天心因為江俊辰的一番話開始感到擔憂時，江俊辰溫柔的聲音又一次傳入耳畔。

「不過，妳很討人喜歡……所以應該不用太擔心。」

「我很……討人喜歡？」聞言，向天心轉過頭接上江俊辰的視線，一顆心又開始不受控制地躁動起來。

「嗯，妳確實滿……討喜的啊……」尷尬地抓了抓鼻子，江俊辰默默將目光從向天心身上移開。

「哪……哪個部分？」她還是第一次聽見有人這樣稱讚自己，而那個人居然還是江俊辰。

往江俊辰的方向又靠近了一些，向天心仰起頭來一臉懇切。

「反正……就是這樣啦。」僵硬地別過頭，江俊辰尷尬地輕咳了一聲。

「不行不行。你不說清楚，我永遠都不會知道自己的魅力在哪。」

「要……要怎麼說清楚……就是一種感覺啊。」

「那……你的意思是，如果是你的話，也會成為我的粉絲囉？」

「啊……？」

慌亂之下，江俊辰也只能僵硬地點點頭回應道：「應該……會吧。」

聞言，向天心興奮地摀住嘴，用力往身後的泡棉椅墊一靠：「對欸！我常常都會忘了在這個世界裡，我才是要成為偶像的人。」

頓了頓，接著說：「如果你真的成為我的粉絲的話……拜託下個月開始，公司開放粉絲來到現場的舞臺表演，你一定要來替我加油！最好還要有寫著我名字的那種會亮的ＬＥＤ看板……如果你沒有來的話，我站在臺上應該會覺得很尷尬吧……畢竟現在……你是我唯一的朋友了。」

被向天心自言自語的反應逗笑，江俊辰仰起頭來，學著向天心背靠著身後泡棉椅墊的坐姿，牽著嘴角淡淡地說：「嗯……我答應妳，只要有開放粉絲入場的舞臺，我一定會到現場替妳加油……」

在說這番話的時候，就連江俊辰自己都沒有注意到，他嘴角邊盛放的梨渦，又凹陷得更深了。

「什麼？第……第二名嗎？」

向天心的驚呼聲讓負責監聽麥克風音量的成音助理嚇得抖了好大一下。

「沒錯，向天心練習生在這次的粉絲投票中獲得了第二名，請問妳有什麼想對支持妳的星球創造者們說的嗎？」坐在向天心對面的是編導組的助理編導，另外還有一字排開的攝影鏡頭，以及刺眼得讓她難以直視的強烈燈光。

「為……為什麼啊？」向天心的腦子裡很亂，腦海裡閃現了近期自己在節目中的表現，老實說……她實在想不到任何會讓自己擁有這麼高人氣的原因。

明明還有那麼多比她更優秀的練習生，怎麼會……？

「妳很討人喜歡……」江俊辰的聲音猛然在腦海中響起。

有可能嗎？

向天心簡直不敢相信。

「妳的臉怎麼突然變得這麼紅？」助理編導的聲音再一次響起：「是太激動

了嗎？」

「啊……」猛地回過神，向天心才發現，剛剛自己腦海裡通通都是那天和江俊辰一起在遊樂園的場景。

用力搖了搖頭，吶吶地說：「我只是……覺得很不可思議。」

「我們整理了留言區的留言，找了三個讓節目組最有印象的評論。」編導一面說著，一面舉起手上的A4紙，「用戶名稱『向天心出道吧』說：真的好喜歡天心笑起來的樣子，長得漂亮又有喜感的偶像真的不常見。」

「還有，用戶名稱『新人向天心狙擊耳道的蜜嗓』：向天心真的超級呆萌，而且聲音好好聽，主題曲只想一直重播她的個人part。」

「最後是『綺星狂粉』：向天心是這次所有練習生中，我覺得最有觀眾緣的一個，不管是長相還是舞臺表現，真的很難讓人不喜歡，會一直支持妳的。」

編導唸完所有留言後，眼帶笑意地抬起眼來望向向天心，似乎很期待她的反應。

「他們是在說……我嗎？」

「當然是妳啊。」編導沒忍住，被向天心的反應逗笑了：「不然整間攝影棚內還有第二個叫做向天心的人嗎？」

整場訪談，向天心始終處在一個驚魂未定的狀態。雖然在大家眼裡，她是練習了十幾年的練習生向天心，但是她很清楚她才剛接手這段人生不過一個月的時間。

第二名？不可能吧……？

迷迷糊糊地離開訪談室，宿舍走道上有幾個蹲坐在角落哭泣的練習生，向天心心裡突然有些內疚。

選秀節目很殘忍，親身經歷過的向天心體悟更深，節目剪輯出來的大部分都只有她們在這裡生活的極小部分。有些很努力練習的練習生，因為每天都很賣力地在練習，可是節目偏偏不需要這麼多枯燥乏味的練習片段，看過幾集節目後，就連向天心都被嚇了一大跳，有的練習生所有單人鏡頭加總起來甚至不足十秒。

向天心心想自己的高人氣也許全都要歸功於一開始的脫序演出，尤其是那句「新人向天心」在節目播出後，甚至成了搜尋排行榜第一名。

不過在舞臺表現還有練習強度上，她知道自己並沒有任何贏面，說白了，就只是因為節目效果好，她才有幸獲得那麼高的名次罷了。

「新人向天心，恭喜啊。」

一走進宿舍，程若青便對她豎起大拇指，一臉興奮地說。身為這次人氣第一名的選手，程若青確實實至名歸。

「天心姊跟若青姊這次應該穩穩會出道了。」

余美娜是這次票選的第五名，剛好卡在出道位的最後一個名額，但是她似乎不是很在意。前一晚公布名次前，所有人都緊張得睡不著覺，就只有余美娜早早進入了夢鄉。

「反正不管怎麼樣，我最後是一定會出道的，我可是余美娜。」也許就是因為這份過於常人的自信，所以即便余美娜不特別聲明，向天心也相信，出道組合中肯定會有一個為她保留的位子。

「若青姊是 dancer、美娜也是 dancer，前五名現在除了向天心勉強稱得上 vocal 外，第三名跟第四名都是 dancer，而且最終決定權在傑哥手上，所以現在談論誰有機會出道，一切都還說不準。」崔雪坐在余美娜床上一本正經地分析。

「喂，崔雪妳現在是想說妳可以擠掉我們其中一個人，進到前五名嗎？」

「沒有啊，我只是在陳述事實。畢竟一個偶像團體本來就要有所分工，總不可能 LUNA 最後的出道成員通通都是舞蹈組的吧。」

「就算是這樣，Rapper 也會是子琳姊，不會是妳啦。」

「妳真的很想找人吵架是不是，小屁孩！」

「我已經十七歲了！而且如果我是小屁孩，妳的排名輸給一個小屁孩，難道不丟臉嗎？」

這已經不知道是第幾次，崔雪和余美娜在鏡頭面前鬥嘴，興許是知道節目組也不可能把這些內容剪進去，她們一次比一次還要無所顧忌。

早已習慣的程若青甚至沒有勸架的打算，轉過頭來望向向天心：「十天後就要開放粉絲入場現場投票了，妳會緊張嗎？」

距離上次休假已經過了兩個多禮拜的時間，也就是說上次見到江俊辰是兩週前。向天心想起那天他在公車上對自己說的一番話，不禁有些期待。

「緊張跟期待各半吧。」

節目錄製到今天已經過了一個多月，因為拍攝時程很緊湊，使用手機的時間也會受到管控。所以凡是能跟江俊辰聯絡的機會，她都會盡可能地把握。

「妳現在應該比較不擔心只有我一個粉絲了吧？自從投票系統開啟後，妳的名次一直都很前面。」

「但是現場演出，你還是要來。」

「當然，我已經答應妳了。」

因為知道江俊辰也會來到現場，所以向天心更加努力練習。與其說是要好好表現不讓那些支持她的粉絲失望，向天心感覺自己似乎更想讓江俊辰看見她的努力。

綺星娛樂的選秀節目一直以來都是以十二集為單位，從第八集開始，就會開放粉絲到現場為喜歡的練習生加油。

第一輪名次公布後，第二十四名以後的練習生就必須離開節目，剩下的二十四名會依據專長分組，名次靠前的有優先選擇權，也就是舞蹈、說唱、主唱這三個組別分別只能有八名練習生。

向天心雖然唱歌跟跳舞都不差，但是前二十四名的練習生中，光是想要選擇舞蹈組的就有一半以上，所以向天心心裡其實更想選擇主唱，當然其中有很大一部分是因為江俊辰也是主唱的原因。

主唱組這次的曲目分別是自創曲以及Dream High的《追夢》，向天心在兩個選項前猶豫了很久。這個世界的向天心對Dream High的歌曲理應十分熟悉，但現在的自己其實一點也不了解，擔心露餡或穿幫，最終向天心還是牙一咬，選擇了自創曲的組別。

跟她同組的還有本來就熱愛自創詞曲的崔雪，及另外兩名C組的練習生。

「天心姊第二名，崔雪是第七名，我們兩個一個二十，一個二十二，現場投票的時候怎麼可能贏得過她們啊？」走進練習室前，向天心在門外碰巧聽見了兩人的談話聲。

「妳不覺得前幾集的節目也是天心姊的鏡頭特別多嗎？我知道她是練習很久加上年紀大了再不趕快出道就沒機會沒錯！但是這樣讓我們通通當炮灰不覺得很不公平嗎？」

「留言區也很多人在說啊，說向天心根本就是靠搞笑上位的。」

「還有前陣子練習的時後，天心姊不是老是拿車禍受傷的事出來討藝華姊同情嗎？我看她這幾集在節目上的表現挺好的啊，哪裡像是有受過傷的樣子啊？很多高難度的動作明明都可以完成。」

「我其實之前就一直覺得她滿假的。」

「看到節目下面的留言板有人說她很做作，我真的恨不得每一則都按讚，搞不好根本就是潛規則上位的，傑哥感覺對她特別好。」

「喂！妳們不好好練習，在那邊說什麼鬼話啊！」

崔雪不知道什麼時候站到了向天心身後，砰的一聲打開練習室的門，對著練習室內錯愕不已的兩人咆哮道。

「自己沒實力就不要在那裡牽拖，有種就當著本人的面講啊！背後偷偷議論別人的人才假惺惺吧！用實力說話！別在這裡給我搞小動作。」

霸氣地走進練習室，關上門前，崔雪還不忘回頭對著依然愣愣站在門外的向天心問道：「不進來嗎？」

崔雪雖然只有二十歲，但在練習生中也算是年齡靠前的，在一票十幾歲的少女面前，這次的出道機會對她而言也很迫切。雖然總是和余美娜鬥嘴，但向天心卻覺得崔雪可能是這場選秀中心態最成熟的一個，她從來不會因為排名或是表現不好氣餒，更不會遷怒，也不會在任何人背後搞小動作，面對這些閒言閒語，她從來就不會退縮，即使是與自己完全無關的事也會義正辭嚴地站出來。

「……謝謝。」一時間不知該作何反應，低著頭道過謝，向天心便裝作什麼事也沒有發生地走進練習室內。

雖然早就做好心理準備了，但是親耳聽見這些內容，心裡多少還是會有些不知所措。

「那些話……妳也別太放在心上了，這些現在都還只是小兒科，將來如果真的出道了，比這些過分的多得是。」練習結束後，崔雪繞到向天心身邊輕輕拍了拍她的肩：「會有很多等著看妳笑話的人，也會有很多像獵狗一樣的傢伙緊迫盯人，就盼著妳落馬的那一刻。」

身為追星女孩多年，這些向天心當然通通都明白。可是現在身分不同了，如今親自踏上那個被眾人仰望的位置，才發現根本就是如履薄冰。

她真的有辦法在滿是觀眾的舞臺上表現好嗎？

帶著這樣的疑惑，向天心開始失眠。

又有多少人會像那兩個練習生一樣想她呢？

儘管很努力讓自己不要鑽牛角尖，向天心就是無法自控地越想越深。

躺在柔軟舒適的床墊上，她突然有些想念那間位在小巷內的租屋處。

至少在哪裡不管是要笑還是要哭，都不會有人在乎……

雖然不如現在這般光鮮亮麗，但至少每天都能睡得很安穩，不用害怕隔天一睜開眼是否又要面對來自四面八方的惡意，更不用擔心周圍無時無刻都有數千雙眼睛在監視自己。

窒息的感覺沿著胸口開始蔓延，也許是回想起 SOLO 選秀那段期間，評論區確實很常出現許多惡意抹黑的言論。

用「只有我覺得」做為開頭，吸引了更大一群人加入討論。

「只有我覺得江俊辰笑得很假嗎？不懂為什麼人氣會這麼高？」

「樓上的我有同感，而且人氣還特別高，傻眼，長得跟牛郎一樣、賤貨。」

「這樣叫才子？這年頭大家的標準怎麼都低成這樣？那路上應該有一半以上的人都是才子才女了。」

就連一個表情不對，或是為了節目效果而出現的錯置剪接，都會有一票緊咬魚餌不放的網友跳出來大做文章。

明明沒有親眼見證的事，也能在事情發生後振振有詞像個當事人似的。

躺在床上翻來覆去，向天心就是睡不著。滿腦子都是江俊辰那天在電腦螢幕前吹熄蠟燭時的表情，這些他從來不曾說出口的苦衷……一直以來都是一個人扛著。

親自體會了一回，這樣的感覺，確實很不好受……

不過，儘管接下來的日子腦子都是一團混亂，對於即將來臨的演出，向天心還是一刻也沒有落下的努力練習。

想到要在兩千多名觀眾面前表演，一顆心就會跳得飛快。

期間，除了網路上逐漸增加的惡評外，她也開始收到一些粉絲送來的禮物。看到那些寫滿鼓勵留言的卡片，自我懷疑的感覺以及心裡盛載的壓力總能稍稍減輕一些。

「我很少追星，但是在電視上看到妳的第一眼，我就無可救藥地陷入了妳的魅力，我覺得現場看到妳的舞臺，自己一定會哭得一把鼻涕一把眼淚，真的很喜歡妳，加油！」

「謝謝妳在我人生最低潮的時候出現，最近只要想到每週六晚上可以看銀河少女，就讓我覺得身邊發生的一切似乎沒有那麼糟，至少還有像妳這樣美好的存在。妳說過自己練習了十年，卻依然把每一天都當作第一次那般的努力練習，這段話真的讓我備受鼓舞。不管怎麼樣，我都會一直支持妳，也請妳千萬要照顧好自己，不要在乎網路上那些惡評，因為在人數上，是愛妳的我們贏了。」

即使一些卡片在寄送過程中泡水、壓皺了，向天心還是小心翼翼地將它們通通貼在自己的床頭。身為追星女孩，她很清楚，在寄出這些信件時，寄件者是抱持了什麼樣的心情。

這些心意，是很珍貴的。大部分的粉絲，真的只是單純的希望，可以把自己的心意傳達給偶像，僅此而已。

偶像與粉絲，一直以來都是互相鼓勵的關係。

你給了我力量，所以我也想給你力量。

這樣的互動，是雙向的。

在那個瞬間，向天心似乎明白了為什麼江俊辰總是選擇笑著面對一切，即使再辛苦，也不會把情緒展現在粉絲面前。

除了不想被過度揣測之外……也許，真的只是不想讓那些出於善意的，發自內心愛著他的人擔心……而已。

「請妳千萬不要在乎網路上那些惡評，因為在人數上，是愛妳的我們贏了。」

練習很辛苦、面對網路上的惡評以及練習生之間的競爭也很辛苦，可那句話，卻成了向天心在面對接下來的考驗時最大的一份鼓舞。

她終於體會了一次這種被無數人矚目、仰望、議論的心情。

不會所有人都願意理解她、欣賞她、鼓勵她，但還是有人願意這樣單純地，發自內心地喜歡著她，就像過去的自己用力仰望著江俊辰那般。

這樣的崇拜與愛，也在互通的過程中，輾轉成為她的力量。讓她在站上舞臺時，可以更相信自己。

這樣的感情，既純粹又複雜。

彷彿肩上無時無刻都有一股沉重的力量，警醒著她，不可以讓相信自己的人失望。

所以當她站在後臺，漆黑一片的舞臺下方充滿了高聲呼喊的粉絲，在無數光影交疊下，她目光所及的，也只剩那個唯一擁有燈光打亮的地方。

那是她即將佇立的位子，乍看之下好似屬於她，卻又總讓她感到窒息。

「向天心真有妳的，妳有看到現場有多少人舉著妳的燈牌嗎？」崔雪的聲音陡地在耳畔響起，「哼，到時候被某些見不得別人好的臭嘴怪看見了，又要眼紅了吧。」

最後那句話，向天心知道崔雪是刻意要說給和她們同組的另外兩名練習生聽的。

對於那些存在於背後的議論，向天心其實不想過多追究。可不得不承認，她們這組的練習氛圍並不好，所以一首歌分配下來合唱的部分特別少。

李玉祥依然是今天的主持人，他穿了一套靛青色的西裝，站上舞臺的那一刻，臺下響起了如雷的歡呼。

望著李玉祥臉上浮現的笑，向天心知道他確實是屬於舞臺的。那個位子，是讓他感到無比安心與自在的地方……

在她的世界裡，如果李玉祥在當時能如願出道，也許也能像現在這樣抬頭挺胸的，享受所有為他響起的掌聲吧。

畢竟在這裡，李玉祥依然是一個很棒的偶像。即使已經是出道藝人，也從來不會用高高在上的態度對待公司裡和他擁抱相同夢想的人。

他愛他的粉絲，就像他們愛他一樣。

那樣的「愛」並不是字面上的意思，粉絲和偶像之間的連結一直都是這樣的。

「我愛你」代表著「我支持你」。

「我愛你」同時也代表「謝謝你們……願意這樣支持著我」。

「李玉祥！我愛你！」

「感謝今天所有到場的星球創造者！就是今天，請用力地為你支持的練習生投票吧！我愛你們！」

無數刺眼的燈光打在李玉祥身上，把他一頭染深的黑髮打亮。在層層交疊的光影包圍下，無數細小的微塵緊緊環抱著他，讓他整個人看上去就像無垠夜空中最耀眼的一顆星子。

臺下的尖叫聲此起彼落，向天心甚至不記得自己是否聽到了工作人員喊他們上臺的聲音，就只是默默邁開腳步，跟著其他組員一起站上了舞臺。

「現在就有請 vacal A 組的練習生，為大家帶來這首自創曲《星》，在場的每一個你們，都是我們心裡最閃耀的星星。」

溫柔地說完臺詞，臺下又一次響起如雷的尖叫，其中還夾雜著無數懇切的目光，以及高呼向天心姓名的聲音。

在經過她走下舞臺的那一瞬，李玉祥用嘴型輕輕對她說了聲「加油」。

不知道為什麼，僅僅只是這樣一句鼓勵，卻讓她沒忍住紅了眼眶。

當眼淚積聚在眼角就要滑落的那一刻，向天心似乎意識到——即使站到舞臺上，她心裡依舊是個渴望抬頭仰望星星的人。

緩緩舉起手中的麥克風，她輕啟脣瓣，緩緩吐出自己花了好幾個晚上熬夜填好的歌詞。

「我曾經以為伸手就能抓住星星，卻不明白，我與它的距離，有幾十億光年……你聽不清我的呼喚吧？可就算微弱我也想隱身在黑洞裡……尋你的軌跡……」

這是個被眾人仰望的位置，卻也是全場……最孤單的地方。

「鄭芮允妳看！江俊辰是不是也看到我了！他剛剛對著這邊揮手欸！」

「看到了！看到了！他一定也看到我們了啊——」

過去，她總是待在一片黑暗的地方，仰頭望著舞臺上閃閃發亮的江俊辰。觀眾席越黑，打在偶像身上的光芒便會越加閃耀。可如今她親自站上了舞臺，卻發現……不管多麼努力張望，她就是找不著江俊辰，那顆她以為會永遠閃亮的星，如今卻也跟著隱身在一片黯淡無光的黑暗中——成了她難以觸及的一部分。

「他們說追逐星星的人崇尚英雄主義，不切實際，愚蠢至極，也許真的是我太執迷，但是我不想認命，因為那顆星是以你為名……」

似乎有什麼東西，掃過眼睫潸然落下，向天心感覺胸口的情緒似乎已然來到了崩潰邊緣。

原來……這就是他們之間一直以來橫亙的距離……

過去那個天真爛漫的女孩，竟還妄想跨越整個銀河系……

他也在看著她嗎？

也像過去自己渴望被他看見一樣，懇切地、期待地仰望著她嗎？

奮力眨著早已積滿淚水的雙眼，睫毛上滾動的淚珠反射著聚焦於舞臺的光線。視野朦朧間，向天心覺得自己宛若乘坐著一艘於浩瀚銀河裡飄泊的飛船，周圍是一片伸手不見五指的漆黑，遠處的光源似乎離她很近，又遠得好似永遠無法觸及，她的雙腳懸空……失去重力的感覺讓胸口翻攪的情緒一時間全湧上了喉嚨……

在那個瞬間，向天心似乎明白了，自己其實一點也不想當星星，她只希望……那顆以江俊辰為名的星星能夠永遠……永遠閃閃發亮。

「向天心！加油！」

「不要哭！我們愛妳！」

「向天心！不——要——哭——」

有人喊破了喉嚨，有的跟著她一起哽咽了，猛然低下頭來，向天心用力眨著眼想要看清楚臺下一張又一張陌生的臉譜。無奈舞臺以外的地方實在太黑了，游離的眼神就這樣迷失在茫茫人海中，而她……依然找不著江俊辰。

過去一心只想被江俊辰看見的自己。

現在卻……看不見他了。

節目就這樣持續錄製了三個多月，自從那天的舞臺結束後，向天心便鐵了心要找回自己原本的生活。

只是所有的一切依然無法如她所願，在節目結束的最後一天，當著在場近五千名粉絲的面，齊俊傑宣布了綺星娛樂的新興女團 LUNA 將由程若青、崔雪、王子琳、余美娜，以及——向天心所組成。

於是又經過了很長一段時間的忙碌，搬進公司配置的宿舍前，向天心隔了近六個月的時間，再次踏進那間不完全屬於自己的租屋處。

期間她也試過非常多種方法，不管是訂做一個和她生日當天一模一樣的蛋糕，然後在夜深人靜時吹熄蠟燭許願，還是試著回想自己在來到這個世界前是否做了什麼很重要、卻被自己遺忘的事，無奈通通都只是徒勞。不管重複多少遍，結局都是一樣的。

向天心心想，如果自己是和江俊辰一起來到這裡的，那麼光憑她一個人的力量，恐怕沒有這麼容易。但是若想要江俊辰加入她的行列，她就必須設法與他見上一面。

趁著今天不需要受到團體活動的約束，向天心全副武裝來到那間寬敞的連鎖超商。她小心翼翼避開所有與路人四目相交的機會，像極了初次見到江俊辰時對方那副戰戰兢兢的模樣。

「你好，請給我一杯大杯冰拿鐵。」

趁著沒有客人的空檔，向天心打趣地站到櫃檯前，對著低頭整理收銀臺的江俊辰說道。

聞聲，江俊辰欣喜地抬起頭來：「唷，大明星，妳怎麼會來這裡？」

「太久沒見，怕你會想我啊。」向天心其實很喜歡這種感覺，因為現在的她，和江俊辰已經是可以彼此互開玩笑的關係了。

「我倒是很常看到妳啊，LUNA 的每一場活動我都有到場為妳加油。只是現場人太多了，妳看不到我而已。」江俊辰說著，可愛的梨渦又一次深深陷於嘴角。

向天心知道他是在和自己開玩笑，可聽到這段話，心還是沒忍住揪了一下。

「你今天會忙到很晚嗎？」

「請妳喝。」江俊辰轉身將拿鐵蓋上杯蓋，遞到向天心面前淺淺地笑了一下：「再半小時我就下班了，妳來得真是時候。」

「是說……」江俊辰頓了頓接著問道：「妳要不要先去員工休息室等我一下，如果被認出來就不好了，還好今天客人不多。」

左右張望了一陣，向天心也覺得江俊辰的話有道理，聽話地走向休息室。在轉開門把之前，忍不住又往櫃檯的方向望了一眼。

江俊辰正低著頭專注地清理咖啡機臺，看著他依然有些生疏的模樣，向天心覺得心裡一直有種難以言喻的感覺。打從踏進店裡看見江俊辰工作的樣子，總有種說不上來的突兀。

就和站在舞臺上的自己一樣。

半個小時的時間很快便過去，當江俊辰推開休息室的門，身上的制服已然換下。在那道寬厚肩膀上披著的，是一件落肩款式的淡紫色毛衣。

明明是非常普通的款式，江俊辰穿起來卻異常好看。好看到叫人捨不得將目光從他身上移開。

「妳等我一下……我收個東西。」江俊辰自顧自地走向置物櫃。

向天心沒有回話，只是愣愣地點了點頭。

見向天心沒有出聲，江俊辰接著又說：「我等一下……還要去一個地方……妳……會想要一起來嗎？」

「去一個地方……？什麼地方？」向天心偏著頭，一臉疑惑。

「我等一下……還有個工作，在附近一間餐酒館裡面當駐唱歌手……我已經在那裡唱了兩個多禮拜的歌了。」從置物櫃裡拿出一件長版的風衣外套套上，江俊辰靦腆地笑了一下：「抱歉……現在才告訴妳……只是一開始還覺得有點難以啟齒……畢竟在這裡，我也不是歌手了。」

「駐唱……？」

「嗯，是一個學長推薦我去的，他工作的地方剛好有缺人。」

聞言，向天心默默地晃了晃腦袋。

其實她一直都明白，江俊辰依舊和過去一樣嚮往著舞臺。

「好啊。」點了點頭，向天心語帶笑意地說：「想想我也很久沒有聽你唱歌了，如果可以的話……可以唱 SOLO 出道的時候，你替專輯寫的那首抒情歌嗎？」

「妳喜歡那首歌嗎？」江俊辰興奮地回過頭去望向向天心，眼神裡閃爍著期待的光芒。

被江俊辰的反應逗笑，向天心淺淺勾了勾嘴角：「喜歡啊。你寫的每一首歌我都很喜歡。」

「可惜現在唱也沒人知道了。」江俊辰說著，語氣裡透著一股淡淡的失落。

「怎麼會，我知道啊。」隨著江俊辰一起走出便利商店，向天心仰起頭來笑了笑。

溫柔地接上她的目光，江俊辰沒忍住，緩緩伸出手輕輕拍了拍向天心的腦袋。

「我知道妳知道。」

語畢，卻像是突然意識到自己不該這樣做，抽回手的剎那，沒有注意到向天心臉上不知所措的表情。

尷尬地別過頭，向天心還是無法忽視於兩人之間逐漸上升的溫度。

雖然過去的自己也很常因為江俊辰的舉動臉紅心跳，即使差距很細微，可向天心還是感覺到了——那時候的感覺和現在似乎不同。

當那間帶著些許龐克風的餐酒館映入眼簾，緩緩推開餐酒館的門，向天心發現江俊辰下意識地擋在自己面前，像是怕她被人發現似的。

微微側過身，江俊辰將左手伸到向天心面前。

「勾住我。」

「蛤？」左邊胸口又是一陣劇烈的跳動。詫異地仰起頭來，向天心頓時有些慌亂。

「別怕……這個時間店裡人還不會很多。妳抓著我，我帶妳去舞臺旁邊最隱密的位子，在那裡妳就不用擔心會被發現了。」

終於弄明白江俊辰的用意，向天心聽話地伸出手勾著江俊辰結實的臂膀。只是沒想到江俊辰一使勁，她就這樣順勢被帶入他懷裡，衣物柔軟精的香氣竄入鼻腔，向天心又一次感受到了心臟劇烈地跳動，只是這一次……彷彿還夾雜著另外一道不屬於她的心跳聲。

愣愣地仰起頭來望向江俊辰，可惜店裡的燈光實在太暗，向天心還沒來得及確認對方臉上的表情，就被他帶到了舞臺旁的座位。

「要吃點什麼嗎？」將向天心安頓好後，江俊辰的臉上又一次浮現那抹好看的笑。

瞄了一眼面前的菜單，向天心本想點一份松露薯條，可是想到隔天還要拍雜誌封面，最後還是輕輕地搖了搖頭：「沒關係，給我一杯水就可以了。」

儘管這樣，江俊辰還是貼心地為她準備了一碗南瓜濃湯。

「我跟廚師說了，這碗湯沒有加鹽，只有南瓜和牛奶而已，隔天不會腫的。」他說。

語畢，江俊辰左右張望了一陣，細心地將向天心左手邊的木製屏風調整成剛好可以遮擋住她整個人的位置。

「這裡很安全，不會被發現。」轉身離開前，江俊辰語氣溫柔地對著向天心說。即使他不刻意提醒，向天心也很清楚，江俊辰已經替她做好最萬全的保護，現在的她——坐在一個，只有江俊辰能夠一眼看見的地方。

時針剛走過八點，店裡的客人明顯多了起來。

江俊辰緩緩站上舞臺，舞臺上有一架看起來有些歲月的電子琴。他熟練地調整好麥克風位置，纖長的手指落在鍵盤上，若一隻翩然飛舞的蝶，頃刻間，整間酒吧便被悠然的琴聲填滿。

江俊辰緩緩開口，吐出歌詞的剎那，向天心感覺自己彷彿又一次回到了過去那段時光。這樣熟悉又陌生的感覺在她的腦海裡來回交疊，看著江俊辰在舞臺上賣力演唱的模樣，左邊胸口突地一陣絞痛，淚眼朦朧間，她捨不得，也沒辦法，說服自己平靜地將江俊辰眼角帶笑的模樣收進眼眶。

他是那麼那麼地喜歡舞臺。

身為一顆註定閃耀的星，這樣窄小陰暗的空間，似乎配不上他。

透過木製屏風的縫隙往餐廳四周望去，鮮少人將目光停留在江俊辰身上。舉杯飲酒的人無心留意酒水之外的任何事物，宛若一顆孤單又被遺忘的行星，江俊辰的歌聲就這樣……隱匿在人聲嘈雜的餐酒館中。

緩緩收回視線時，向天心的眼角餘光卻注意到方才推門走進店裡的兩個客人。起初她並沒有太放在心上，畢竟餐酒館裡的人來來去去，直到她終於注意到穿了一身黑外加鴨舌帽的男孩走路的方式似乎有些熟悉，才赫然發現，那人正是李玉祥，跟在他身旁的則是Dream High的經紀人。

選秀期間兩人雖然時常因為工作的關係見面，但李玉祥本身也是個大忙人，加上錄製時程很緊湊，向天心到後來其實也見不太到對方。當然，對她而言這無疑讓她省去了不少麻煩。

畢竟李玉祥見到她時就會變成一頭獸性大發的狼，又是搭肩、又是摟腰的，眼神也會變得無比強勢，特別是發現向天心身邊徘徊著其他男人時。

對此，向天心還是決定將這個部分完整保留，直到所有的一切回復原先的平衡為止。畢竟現在的自己接受不了李玉祥的攻勢，一味閃躲的情況下只會讓兩人的關係越來越疏遠，可這一定不是原本的向天心所樂見的。

可偏偏……事情就是無法盡如人願，下意識地又往屏風後縮了縮，向天心只求自己可以安穩度過這個夜晚。

「接下來這首歌，我想送給一位朋友……」

結束了幾首流行抒情曲的演唱，江俊辰溫暖的聲線在耳畔驟然響起。向天心猛地抬起眼，碰巧接上他溫柔的目光。

「謝謝她給了我機會……讓我明白人與人之間的所有距離都沒有那麼絕

對。也讓我明白了，受人矚目很辛苦，但也不會全部都只有辛苦的部分。」江俊辰說話的時候，眼神始終沒有從向天心身上移開：「為大家帶來這首自創曲《我還是原來的我》。」

熟悉的前奏響起，向天心頓時感覺四周似乎只剩下自己的心跳聲。江俊辰深情地微微低垂下眼簾，緩緩吐出了那段只屬於他……以及向天心之間的祕密。

那首歌正是SOLO成團不久，江俊辰為專輯寫的第一首歌。

「我想總有一天會遺忘，初次追逐光的那種緊張，但我會記得，你們站在那裡為我歡呼的模樣……」

坐在臺下，向天心緩緩張開口，輕輕地隨著旋律吐出歌詞。

那些宛如詩篇般的回憶接連翻湧而出，腦海中奔過無數她追在江俊辰身後哭喊、尖叫的場景。

那是江俊辰寫給粉絲的歌，而現在……他的粉絲，只剩她一個……

「愛人的同時也是被愛著的人，我還是原來的我，愛上了原來的你。即使猛然回首我們都不在原地，我依然會記得我們共同擁有的曾經……」

曾經有多少人和向天心懷抱著相同的心情，看到江俊辰身上的光芒一日比一日更加閃耀。他們發自內心的為他感到開心，也真心誠意地希望他過得幸福。

可如今的江俊辰幸福嗎？

望著舞臺上眉頭緊蹙的江俊辰，向天心有些不確定了。

也許過去有許多無法克服的問題始終困擾著他，讓他開始懷疑自己的決定。畢竟某種程度上過去的江俊辰和現在的自己很像，他在年齡、心智都尚未成熟的時候便開始活在鎂光燈下，而她則是莫名來到了這個大家都告訴她，她已經不年輕了、她必須要出道、這是她所夢想的世界——完全沒有選擇的餘地，就只能一直不斷向前，甚至就連喘口氣回頭看看自己的機會都不存在……

窒息的感覺開始壓得她喘不過氣，望著舞臺上緊緊握著麥克風的江俊辰，向天心無意識地緩緩站起身，就像過去無數個抬頭仰望他的日子那般，用力地、激動地仰望著他。

「喂，你唱的什麼鬼，在這種應該要狂歡的地方唱這種解嗨的歌……真的很讓人傻眼欸。」身後猛然響起一道帶著些許醉意的男聲，「長得帥的傢伙就只會搞這種有的沒的小把戲，我操！」

「喂，小林你喝太醉了！走，別喝了，差不多該走了！」

「不要攔我，你們通通都不要攔我，媽的！女人都喜歡這種娘里娘氣的小白臉……幹，看了就不爽。」

男人的聲音越來越大，向天心憤怒地將目光定格在男人漲紅的臉上，他踉蹌地一步步逼近舞臺，就連身邊的朋友都奈何不了他。

「自創曲？沒有才華的人還搞什麼自創曲？你以為這裡是哪裡啊！老子花錢來聽你唱自創曲？神經病！」

男人說得激動了，伸出手來抓起手邊一個裝水的鐵壺。

接下來的一切都發生得太快……向天心甚至沒有意識到自己早已一個箭步衝向前，張開手臂直挺挺地擋在江俊辰面前。

直到回過神來，才發現自己全身溼透地站在了整間店最醒目的位置。左邊臉頰因為劇烈的撞擊隱隱作痛著，水珠沿著髮絲滴入眼角，讓她下意識地閉上眼睛用力眨了眨，視野朦朧間，就這樣對上了餐廳最角落的座位裡，李玉祥疑惑的視線……

「天啊！那不是藝人嗎？」

「是 LUNA 的向天心！」

耳畔響起此起彼落的驚呼，只是還來不及轉頭確認聲源，向天心便感覺到眼前一黑，緊接著衣物芳香劑的清爽香氣又一次無預警地灌入鼻腔。

在一片混亂的情況中，向天心只聽見江俊辰在她耳邊輕輕落下了一句：

「別怕，抓緊我。」

待在江俊辰微微敞開的風衣外套裡，向天心感覺到他正小心翼翼地護著她轉身，飛快地朝著店門口的方向前進。

「不好意思，請不要拍照。」溫柔的聲線嚴肅且強硬。

即使將臉緊緊貼著江俊辰的胸口，向天心依舊可以感覺到周圍人聲嘈雜的議論。

她很害怕，也開始擔心隔天自己狼狽的模樣是否會出現在娛樂新聞的版面上。臉上罩著的黑色布口罩因為沾了水的關係緊緊遮蓋在臉上，讓她有種喘不過氣的感覺。

「喂！」就在江俊辰推開玻璃門的瞬間，身後又一次響起那聲熟悉的喊聲。

江俊辰並沒有停下，反倒是向天心，也不知道是出於愧疚，還是出於心虛，她停下腳步緩緩別過臉，只見李玉祥又一次露出那抹既凶狠又受傷的表情，但是這一次——並不是對著自己。

「就跟你說了不要拍照，是聽不懂人話嗎？」

狠狠摘下臉上的口罩，李玉祥對著店裡一組情侶大聲咆哮。

「天啊！是 Dream High 的李玉祥欸！好帥喔！」

「Oh my god！今天也太狂了吧！又是向天心又是李玉祥的。」

那些本來向著她的目光，在那個瞬間，通通轉向了李玉祥。

向天心不明白李玉祥為什麼要這麼做，茫然的眼神就這樣在空氣中撞進了李玉祥堅定的目光裡。短暫的交集過後，向天心感覺李玉祥將目光轉移到了江俊辰身上。

「不好意思，請不要拍照。」這一次出聲的是Dream High的經紀人。

「趁現在，快走吧！」

江俊辰帶著淺淺鼻音的聲音再次響起，架在向天心肩膀上的大手溫柔地施力，將她摟得更緊了。

「可是……」不安地回過頭去，向天心發現李玉祥依然抬頭挺胸地站在人群之中，怒視著拿著手機對準他的人。

「李玉祥……怎麼辦……？」

「快走！李玉祥這是在幫妳爭取時間，如果不趁現在趕快離開的話，他現在做的一切全部都白費了……」

聞言，向天心這才意識到，也許在眼神交集的短暫片刻裡，江俊辰從李玉祥的目光中讀出了這些訊息。

不管在過去的世界裡，還是現在，面對自己在乎的人，李玉祥都做了相同的決定。

儘管那樣的決定可能會傷到他自己……

依依不捨地將目光從李玉祥身上移開，向天心終於狠下心來，加快腳步隨著江俊辰逃離了一片紊亂的餐酒館。

帶著向天心穿過小巷，江俊辰往河堤的方向不斷走去。雖然這條路不是他們平時會走的，但是向天心明白因為這裡是暗巷，為了不讓她再次曝光在人群面前，這是江俊辰在短時間內做出的判斷。

「這裡很暗，妳要跟緊我。」

其實不需要特別提醒，因為江俊辰始終沒有放開緊緊摟著向天心的手。

聽話地點了點頭，向天心心裡多少還是有點擔心餐酒館內的狀況。

「李玉祥……應該不會有什麼事吧？」

對於這個問題，江俊辰並沒有給出回應。

沉默了一陣後，向天心緩緩仰起頭來，只見江俊辰微微蹙起眉頭，一臉嚴肅的表情。

本以為應該不會得到江俊辰的回覆，沒想到穿過暗巷之後，他突然開口：

「應該……不會有事的，畢竟現在的李玉祥跟過去不一樣了。在還是練習生或是剛出道的時候犯錯，公司的處理方式通常會比較消極，但是……李玉祥現在是綺星娛樂裡流量最高的藝人，會沒事的……」

從江俊辰平淡的語氣中，向天心感覺其中似乎也夾雜了幾許擔心的情緒。

街道上開始出現幾盞忽明忽暗的路燈，現在時間是晚上九點，商業區的街道早已空無一人。

即使已經不需刻意躲藏，江俊辰還是緊緊握著向天心的手，緩緩往河堤的方向前進。那是他們的祕密基地，似乎只有在那個江俊辰確定不會有任何人闖入的地方，才能安心地把心裡想說的話通通說出來。

步。

「妳先在這裡等我一下。」經過一間準備打烊的超商時，江俊辰緩緩停下腳步。

下一秒，向天心便感覺到肩上襲來的重量，還有那股清爽的衣物芳香精氣味。

「把衣服披好，乖乖在這裡等我回來。」

等到她想再次仰頭望向江俊辰臉上的表情時，除了他高䠷的背影之外，只餘下那道帶著濃濃溫柔的命令。

將江俊辰披在自己身上的風衣外套拽緊，向天心愣愣看著他走進便利超商內和店員說了一些話。她的目光隨即注意到位在便利商店後方、一間並不寬敞的麵包店，店裡透出一抹微弱的光。

「現在這個時間……居然還開著嗎？」

向天心頓時有種被深深吸引的感覺，緩緩邁開腳步，往麵包店的方向走去。

沒有注意到木門上掛著「結束營業」的吊牌，緩緩推開那扇門，門上的風鈴讓櫃檯忙著收拾的店主在第一時間便注意到了她。

「不好意思，我們今天沒有營業喔。」店主是一個年紀看起來約莫二十歲左右的少女，抬起眼露出一抹靦腆的笑。

「啊，不好意思，我沒有注意到。只是看到店裡還亮著，想說這個時間還開著的店很稀奇，所以才走過來看看……」語帶抱歉地說完，向天心正準備轉身離開，沒想到少女又一次從身後叫住她。

「等……等一下，向天心！請問，妳是LUNA的向天心嗎？」

「啊……！」不過幾分鐘的時間，向天心又一次忘了自己的身分，只是現在否認已經太遲了，淺淺嘆了口氣，她只能再一次掛上笑容轉過身去。

「嗯……我是。」望著少女一雙泛著光芒的靈動雙眼，向天心有些難為情地低下頭來。

「天啊！我……我不是在做夢吧！妳真的是向天心！我從來沒想過自己有一天可以遇到妳，我真的……超喜歡妳的，我朋友還是站姊，我們都是LUNA的超級粉絲，而且妳是我最喜歡的成員！妳的每一場表演我都有看！」少女說到激動處甚至有些哽咽。

「在這裡見到妳……真的好高興，妳們首張專輯簽售，我一定會到現場替妳加油，天啊天啊！妳本人的臉又比電視上還要小了一半，都快要看不見了！妳在公演舞臺上唱的那首歌，我最近每天都會在店裡循環播放……」

少女舉著無處安放的手，一下緊緊摀著嘴，一下興奮地在向天心左右揮來晃去。

看著少女既激動又慌亂的模樣，在那個瞬間，向天心彷彿在少女身上看見了自己過去的影子。

「謝謝妳。」好像是在對少女說，又好像是在對過去的自己說。

向天心一個箭步走向前，輕輕擁抱住她。

那一刻，她感覺到少女的體溫是真實的，而她的也是。即使她確實一點都不想成為偶像，可是透過少女的反應，她意識到……偶像確實是個能夠為他人帶來幸福的職業。

「嗚……」少女猛然爆出的哭聲著實嚇了向天心一跳。

「我不是在做夢吧……我是真的好喜歡妳……嗚……我會一直一直為妳加油的！希望姊姊永遠都可以站在舞臺上開開心心地表演……」

望著在自己眼前失控大哭的少女，向天心哭笑不得，輕輕拍了拍她的肩膀。

在少女眼裡，這是屬於粉絲和偶像之間遙不可及的接觸。

可向天心卻很清楚，這是兩個追星女孩之間的連結。她體會過少女的心情，而現在的自己享受著被愛的同時，也明白了其中的不易。

被人仰望著似乎一直都是一把雙面刃，一方面享受著粉絲對自己的愛，一方面又會擔心這份愛背後是否還隱藏著其他複雜的情緒。就連要笑、要哭還是要憤怒，第一個想到的都會是別人會怎樣去解讀？就像她唱得淚流滿面，眾人以為是出道路上一路走來的艱辛，可向天心心裡明白，她之所以崩潰，是因為她深刻體會了江俊辰的心情。

少女在與向天心告別前，從店裡的冰櫃中拿出了一個精緻的四吋巧克力蛋糕，「我知道姊姊最喜歡的口味是巧克力，這是我們店裡最厲害的蛋糕，希望姊姊吃了之後可以記得有人這麼地喜歡妳、愛著妳。」

誠摯道過感謝後，向天心才悄然推門離去，才剛踏出店外，就看見在超商外著急徘徊的江俊辰。

「對不起，讓你久等了。」小跑著走向江俊辰，向天心語帶歉意地說，而後緩緩將手上的蛋糕舉到江俊辰面前：「你看，這是粉絲送我的喔。」

「妳嚇了我一跳。」無視向天心興高采烈地炫耀，江俊辰溫柔的語氣裡夾帶著幾許責備：「妳別亂跑，如果剛剛從酒館裡有狗仔跟出來就不好了，加上妳現在還沒有經紀人在身邊，以剛出道的新人來說，太冒險了。」

「對……不起。」尷尬地抓了抓鼻子，向天心乖乖低頭認錯。

「跟我來，這裡還是不安全，我們到河堤再說。」沒有回應向天心的話，江俊辰又一次輕輕握住她的手。

雖然看不見江俊辰臉上的表情，但手腕上染上的那抹不屬於她的溫度，卻是無比熾熱的。

就這樣跟在江俊辰身後，好不容易來到了河堤邊，在兩人第一次見面的臺階前停下，江俊辰默默轉身。向天心本以為他應該會鬆開握著自己的手，沒想到他不但沒有這麼做，反倒微微一使勁，失去平衡的向天心一個踉蹌，雙手自然地搭上對方寬厚的肩膀。

「你……我……」錯愕地說不出一句完整的話，向天心只能仰著頭，不明所以地望著江俊辰從提袋裡拿出一盒ＯＫ繃。

「妳扶著我，先別亂動。」江俊辰的語氣依然很溫柔，命令句卻霸道地讓向天心耳根發燙，一顆心也跟著撲通撲通地跳著。

感受到江俊辰的手緩緩移向自己的頸部，向天心無意識地瑟縮了一下。

「很痛嗎？」江俊辰說話時呼出的氣息微微掃過眼睫，向天心只能僵硬地任由他抓著自己，愣愣地搖了搖頭。

「妳受傷了，妳知道嗎？」

不知道該怎麼回應，向天心依舊沉默地搖了搖頭。

靜靜地讓江俊辰替自己處理傷口。

期間，她的眼神一刻也不敢望向他，只能用餘光大致確認在他眼角流瀉的光芒。在那個瞬間，她彷彿第一次感受到了舞臺以外的江俊辰，那堵高高聳立的牆消失了，他觸碰得到她，而她也感受得到他，那是一種感覺，現在在她眼前的似乎不再是那個閃爍著萬丈光芒的偶像，而是一個平凡人，有血有肉，會難過也會生氣，和她一樣的平凡人。

「好了，還好傷口沒有很嚴重，我剛剛真的被嚇壞了，妳不應該跑出來替我擋下的。」

將手從江俊辰的肩膀放下，向天心尷尬地眨了眨眼，故作輕鬆地說：「你是我的偶像欸，守護偶像，本來就是粉絲的責任啊。」

江俊辰扯了扯嘴角：「可是現在妳才是偶像。」

不滿地噘起嘴，向天心自顧自地在石階上坐下。

「……真是太不公平了。」

「什麼很不公平？」在她身旁的空位坐下，江俊辰下意識輕輕將向天心肩上的風衣外套調整好。

「這一切啊。」自然接上江俊辰的目光，向天心又一次捕捉到在他嘴角綻放的可愛梨渦。

「我覺得挺好的啊。」微微一聳肩，江俊辰淡淡地說。

「一點都不好。過去的我是粉絲，你是偶像。現在好了，我變成偶像了，你卻……等一下……你是我的粉絲嗎？」

被向天心狐疑的眼神逗笑，江俊辰咯咯咯地笑著說道：「我是啊，公演的每一場我都有到現場，還舉了『向天心出道吧』的應援手幅喔。」

「你親手做的？手幅在哪裡？」想到江俊辰親手做的手幅自己居然沒看到，向天心感到一陣扼腕。

「現在在我家，改天拿給妳。但是我手藝不好，所以其實滿醜的。」江俊辰說著，有些不好意思地撓了撓後頸。

「那有什麼關係！光是江俊辰親手做的手幅就已經價值連城了。」向天心興奮地踢了踢腳，她注意到江俊辰腳上穿著的，依然是那雙破舊的帆布鞋。

「喂，那你知道為什麼粉絲們總是要為偶像做應援手幅嗎？」望著江俊辰俊朗的側臉，向天心輕啟唇瓣柔聲問道。

搖了搖頭，江俊辰笑了笑：「想讓我們知道，有很多人默默支持著我們？是這樣嗎？」

晃了晃腦袋，向天心彎起嘴角，腦海裡跑過自己過去在租屋處和鄭芮允一起製作應援海報的模樣。

「那是因為……他們其實也想被你們看見啊。想讓你們知道，是我是我！支持著你的人是我！也看看我這邊吧！」向天心一邊說著，一邊模仿起自己過去在見面會現場的模樣。

今天晚上的天空就和他們初次來到這個世界時一樣的清澈，幾顆星子耀眼地閃爍了一下。向天心多麼希望此刻能有一道流星滑過，也許這樣……他們就可以並肩對著流星許願了。

「那天……」江俊辰溫柔的嗓音又一次在耳畔響起。聞聲，向天心下意識地別過頭去，才發現兩人之間的距離好近好近。

她屏住呼吸愣愣地扇了扇眼睫，很奇怪，江俊辰似乎並不討厭這樣的距離，隔著一件薄薄的風衣外套，向天心覺得自己好似可以感受到他略顯急促的心跳。

「妳在臺上哭得那麼傷心……是因為我嗎？」江俊辰的眼睛很清澈，一雙烏黑的瞳仁深處卻藏著一抹讓人捉摸不透的深沉。

望著那雙讓人沉醉的眼眸，像是丟了魂似的，向天心愣愣地點了點頭，「因為我發現……我找不到你。」

「妳擔心我沒有遵守諾言……到現場看妳？」江俊辰說話時呼出的熱氣撓上耳際，讓向天心沒忍住微微一顫。

僵硬地搖了搖頭，她吶吶地開口：「我……只是想到以前自己也曾經和那些舉著應援手幅的粉絲一樣，希望……你也能看見我……」

「我看見妳了，向天心。」江俊辰的聲音依舊溫柔，「我看見妳了。」他說，一雙迷濛的眼睛就這樣望進向天心眼裡，眼角似乎還帶著些許溼潤。

好近……向天心忍不住在心裡無聲吶喊著，但她表面上還是佯裝鎮定地嚥了嚥口水，有些顫抖地說：「那是因為……我許了願望。」

「許了願望？」不解地偏著頭，江俊辰又往向天心的方向挪了一步：「什麼願望？」

守著這樣的距離，向天心依然有些不敢直視江俊辰的眼睛：「在你直播那天……你記得嗎？我說過，我和你同年同月同日生？」

遲疑地點了點頭，江俊辰似乎不是很明白向天心話裡的意思。

「我和你一起在鏡頭前許願了。」她說。
「許到第三個願望時，我記得我說……希望能去到一個江俊辰也能一眼看見我的世界。」
向天心心裡其實一直很害怕坦白的那一天，她怕這個願望聽在江俊辰耳裡太沉重了。畢竟那個時候，她不過就只是個一股腦兒奮力仰望著他的粉絲。
不敢望向江俊辰的表情，向天心只能故作鎮定地等待他的回應。
只是江俊辰並沒有說話。
鼓起勇氣側著臉轉向他，向天心卻發覺江俊辰也在注視著自己。
「那麼……你的……第三個願望呢？」
江俊辰臉上的表情依舊很微妙，向天心過去從來不曾見他這樣微微蹙著眉，嘴角撇成一直線的模樣，看上去似乎很苦惱。
江俊辰也猶豫了？
他的第三個願望……會是什麼呢？
過去這幾個月的時間，向天心不只一次在心裡感到好奇。
在沒有十足把握的情況下，卻又害怕說出自己的願望時會嚇到對方，所以才一直不敢開口詢問。
她曾經想過，也許江俊辰的願望是「不想再當偶像，想當個平凡普通的人就好」，或者是「想要暫時喘口氣，休息一下」諸如此類的。

所以在聽見江俊辰緩緩開口說出自己的第三個願望時，向天心沒忍住用力倒抽一口氣。

「我說……」江俊辰的聲音很輕，溫柔得讓向天心有些手足無措：「我希望即使有一天我沒了偶像光環，身邊也會有真心的朋友和愛我的人。」

這是江俊辰的第三個願望。

那個瞬間，彷彿有顆流星劃過眼角，向天心從來沒想過，這會是江俊辰的第三個願望。

「妳知道嗎，妳是我這輩子第一個主動說要和我當朋友的人。」望著向天心的方向，江俊辰臉上漾起孩子般純真的笑：「我喜歡妳開口和我說要當朋友的樣子、喜歡妳站在舞臺上發光的模樣、喜歡那個下午的遊樂園，還很喜歡妳笑……不管我是SOLO的江俊辰，還是就只是一個平凡普通的大學生，跟妳在一起的時候……那些好像都不重要，至少我可以暫時忘記背在肩上的那些包袱，可以安心當個平凡快樂的普通人，可以哭……也可以笑……

藝人也是人啊，也有追逐幸福的權利。」最後這段話，江俊辰說得尤其懇切。

「追逐……幸福的權利。」複誦了一次江俊辰的話，隔了許久，向天心才怔怔接著說，「可是……如果一切回到原本的樣子，我不再是偶像向天心，只是……江俊辰數萬粉絲裡的其中一名，這樣……我們還能是朋友嗎？畢竟粉絲和偶像之間……隔著的，是這樣的距離。」向天心說著，伸手指了指天上的星星，「你就像是那些星星一樣，是被人仰望和崇拜的存在，而粉絲是仰著頭對著星星許願的人。我不想破壞你的夢想，星星是要被守護的，而守護星星的人……絕對不會想要看見星星因為自己而殞落。」

循著向天心手指的方向望去，江俊辰就只是靜靜仰著頭，沒有說話。

並著肩，向天心感覺自己似乎可以感受到江俊辰呼吸時的鼻息。

沉默了許久，才又一次聽見那道溫暖的嗓音。

「向天心。」他輕喚了一聲她的名字，頓了頓，才接著說：「……答應我，即使回去本來的世界，也要像現在一樣努力發光。我知道成為偶像從來都不是妳的夢想，可是我也不會因此放棄在人群中尋找妳。只要妳願意給我一點指引，就算回到原本的世界，我想……我也能在人群中找到妳。這一次不要以偶像對粉絲的身分，妳，也做星星吧，讓我仰望和崇拜的星星，雖然現在的妳已經是這樣的存在了。」

我也做……星星吧？讓江俊辰仰望和……崇拜的星星？

緩緩從紙袋裡拿出了那個精緻的巧克力蛋糕，江俊辰的聲音卻在耳畔久久不能散去。

怎麼來，就怎麼回去，這是向天心唯一想到的方式。

往蛋糕插上蠟燭時，她的手指顫抖不已，腦海裡跑過無數種可能發生的結局，也許……他們會永遠被禁錮在這個世界也說不定。

如果是這樣的話……

江俊辰又會做出什麼樣的選擇呢……？

「在決定到餐廳駐唱前，我翻遍了江俊辰……我是說原本的江俊辰，所有的日記，還有電腦裡的檔案……」

蠟燭上點燃的燭光將他們四周的黑暗點亮，空氣中飄散著一股淡淡的燭火的味道。

「我發現，他其實也不想放棄，只是跟其他人相比已經空轉了太久的時間，所以就連他也不知道該怎麼重新開始了……雖然家裡的人都希望他去考公務員，有份穩定的工作，但江俊辰的電腦裡有幾首自創曲的 demo，只能說……也許一直以來都是他太小看自己了，那幾首歌……很讓人驚豔。」江俊辰說著，將頭微微轉向向天心，橙色燭光染上那張俊朗的臉龐，就和那晚在租屋處隔著螢幕看到的場景一樣。

「如果今天結束以後，我們依舊沒有回到原本的世界，我會繼續努力在這裡，用江俊辰的身分活著。我會試著找回我的生活，直到……妳也能一眼就看見我的那一天，讓妳……再一次崇拜我。」

那個瞬間，向天心似乎有些明白了江俊辰話裡的意思……

如果只是一個人單方面奮力地抬頭仰望著另一個人，就像圍繞著恆星轉動的行星一樣，這樣的關係一旦被破壞就會失去平衡。

而他們卻並不需要一直把自己禁錮在粉絲和偶像的迴圈裡。

她可以不只是江俊辰的粉絲，同時也可以成為給予他力量——被他崇拜、仰望的對象。

只要她也試著……努力發光。

這是江俊辰給她的指引，他說，即使回到原本的世界，也想找到她。

就像現在的她站在舞臺上，也總是努力想在黑暗中找到江俊辰一樣。

「那我們……在今天結束前，試著對蠟燭許願吧。就像那天一樣。」向天心說完，默默示意江俊辰和自己一樣緩緩闔起手掌。

「這樣做，就能讓一切恢復原狀了嗎？」

輕輕點了點頭，又遲疑地搖了搖，向天心露出一抹不確定的微笑：「我也不知道，但是……不管如何都試試看吧。」她說。

吹熄蠟燭前，兩人同時在心裡許下了相同的願望。

待蠟燭熄滅後，周圍又一次陷入黑暗，只剩下夜空中幾許微弱的星光。

那天晚上，向天心帶著一顆劇烈跳動的心爬上了租屋處的床。她心想也許就像來時那樣，等到隔天一早，所有的一切都會恢復原狀。

只是，隔天一早從床上醒過來，一切的一切……沒有任何改變。

這個空間依舊不是追星女孩向天心的租屋處。

她不明白，難道還有什麼重要的線索，被自己忽略了嗎？

愣愣躺在那張舒適的單人床上，經紀人打來的電話響了幾次，向天心通通不想接。

兩眼無神地望著天花板發呆，昨天晚上發生的一切就宛若一場夢，不管是在那間餐酒館裡上演的鬧劇，還是江俊辰在河堤邊和她說的話。

「妳也做星星吧，讓我崇拜和仰望的星星。」

昨晚入睡前，向天心在床上翻來覆去，滿腦子都在思考著自己回到原本的世界後，除了進入綺星娛樂之外，還有什麼其他的方法能讓江俊辰在茫茫人海中找到自己？

直到清晨睜開眼睛，卻依舊沒有任何頭緒。

失焦的瞳孔在這間陌生又熟悉的租屋處裡來回轉了幾圈，正當向天心打算就此接受事實，打算妥協起身時，眼角的餘光卻瞥見了電燈開關旁掛著的時鐘。

腦子裡突地閃過一些零碎的畫面……

她記得……那晚，當自己許完願後——時間停在了九點十九分。

九月十九號的……九點十九分？會是巧合嗎？

過去的她一心只關注到蛋糕、許願、停電，卻遺忘了最重要的一件事——

那是她和江俊辰在彼此生日當天，許下的第三個願望。

奮力地從床上起身，向天心轉頭望向身後的月曆，今天是三月十九號，也就是說，距離今年的九月十九號還有整整六個月。

如果說，她的推理沒錯，就代表她還有半年的時間，必須要以偶像向天心的身分活著。

冷汗從腳底開始蔓延，佇立於這個不完全屬於她的租屋處內，向天心的目光落在了那張整理得井然有序的書桌上。

她開始好奇，是不是也有一個人就像她和江俊辰一樣，以他們的身分在他們原本的世界裡活著。

如果是的話……現在的他們又在做些什麼呢？

渾身顫抖地拉開書桌前的椅子落座，向天心的腦子依然很混亂。半年的時間說長不長，說短不短，雖然無法馬上找回自己原本的生活，不過往好處想，這也正巧給了她一段緩衝的時間。畢竟如果現在馬上回到原本的生活，就等同於從一個行程滿檔、眾人仰望的偶像身分，再一次回到那個平凡無奇，甚至連一份正當工作也沒有的世界。

如果是這樣的話，向天心覺得自己可能沒有辦法很好地給予江俊辰指引。

她必須在這六個月內找到解套的方式，不是單方面的仰望，而是各自發光。

趁著今天還有半天的休息時間，她打算好好利用一番，至少再多了解原本的向天心一些，興許還能給她一些靈感。畢竟雖說是兩個世界的人，但很多時候，向天心覺得她們之間彷彿總有一種難以言喻的連結。

將書桌上的灰塵清潔乾淨，彎下身卻發現書桌底下有一個收置整齊的置物箱。

「咦？這是什麼？」緩緩打開那個淺粉色的置物箱，映入眼簾的是一套熟悉的配置。

「平板電腦還有……電繪板？」錯愕地將那些久置的電子產品取出，「這是她的業餘愛好嗎……？」

將平板電腦插上電源，本來只是出於好奇，沒想到打開以後，卻發現其中安裝了幾個熟悉的繪圖軟體。

向天心的腦海裡又一次響起江俊辰昨晚對自己說的那番話。

「……也許一直以來都是他太小看自己了，那幾首歌……很讓人驚豔。」

他在原本的江俊辰的電腦裡發現了幾首從未問世的歌曲 demo。

而她則是在向天心的平板電腦中發現了她不為人知的隱藏才華……

「喂。」撥通江俊辰的電話，對方很快便接了起來：「雖然這次又失敗了，不過我覺得……我好像真的知道回去的辦法了。」

「真的嗎？什麼辦法？我剛剛起床發現一切都沒有改變，正想打給妳呢。還以為昨天在河堤一起許願、吹熄蠟燭，我們就能回到原本的世界了……」

「我原本也是這樣想的，不過事實就是我們又失敗了。但你仔細聽我說……我突然發現我們好像一直遺忘了非常重要的關鍵。」

「啊？」

「你想想看……我們一起來到這裡的時間點……為什麼偏偏那麼剛好是我們生日的隔一天？你不覺得很奇怪嗎？」

「所以……難道說昨天之所以無法成功，是因為……那不是我們在生日當天……許的願望？」

「對……」

將自己的發現一一告訴江俊辰，即使還有些摸不著頭緒，但江俊辰實在也找不到更加合理的解釋，加上他也覺得同一天生日這樣的巧合確實有些蹊蹺。

「那接下來這半年，妳有什麼打算呢？」江俊辰的聲音有些遲疑，半年的時間充滿了太多不確定，但眼下他們似乎也只能選擇相信，然後繼續以偶像向天心和大學生江俊辰的身分撐下去。

「我大概有個想法，但現在還不知道具體該怎麼做……只是覺得我好像該為這個世界的向天心做點什麼。」

「也是……畢竟我們霸占了他們的人生那麼久，感覺好像不能毫無長進地歸還。總覺得……半年的時間，可以發生很多事呢。」

「就是說啊……希望半年後，我們真的可以回到原本的世界。」

結束與江俊辰的通話，那句話不斷在向天心的腦海裡迴盪。

霸占了對方整整一年的時間……雖然說從頭到尾都不是自願來到這裡，但如果真的就這樣虛度半年光陰，確實有些對不起這裡的向天心。

靜下心來一頁頁翻閱檔案夾裡儲存的作品，向天心發現那些作品裡畫得大部分都是李玉祥，就和過去的自己總是在夜深人靜的租屋處，一筆一畫地描繪著江俊辰在舞臺上的模樣一樣。

不過這裡的向天心，只把它當作抒發情感的一種方式。

在那之中，當然也有讓向天心感到詫異的作品，例如在某個置放靜物作品的檔案夾中，向天心看見了那間熟悉的咖啡廳，儘管招牌寫著「B612」，但向天心知道那裡便是她記憶中的「耀眼如你」。雖然在這個世界裡，向天心和鄭芮允不再是朋友了，可是那張靜物畫中，鄭芮允的身影竟也被收攏其中，畫作的左側還有一行用觸控筆寫下的備註：「經過這間咖啡廳很多次，一直很喜歡它的店名。」

那一刻，向天心明白了，她們之間似乎確實存在著一種難以忽視的連結，很細微，但卻總有一些重疊的部分……

翻閱著檔案夾裡儲存的作品，向天心突然知道自己該怎麼做了。

宛如一股電流貫穿頭頂。

在接下來的這六個月的時間裡，她決定繼續以偶像向天心的身分努力活著，然後慢慢找回自己原本的生活。

或許一直以來，也是她太小看自己了。

接下來的時間裡，向天心除了更認真地以女團 LUNA 的主唱身分跑遍各種大大小小的活動，也會在沒有行程的日常裡，將自己關在房間裡練習製圖。

至於江俊辰呢……

在那晚於河堤邊的對話之後，他辭掉了便利超商的打工。除了在課餘時間四處駐唱以外，還建立了一個個人的 YouTube 頻道，在裡頭翻唱各式各樣的曲目，甚至包括過去的江俊辰擱置在電腦文件夾裡的自創曲。沒想到在短時間內就成功收穫大票粉絲，甚至還有唱片公司主動來信詢問江俊辰簽約的意願，當然，江俊辰通通沒有給予否定的答案。

「我幫他把想做卻不敢做的事情做了，至於接下來要怎麼選擇，還得看他。」

在每晚睡前和江俊辰通話，已經成為了向天心的習慣。雖然很想再和他一起去一趟遊樂園，但是面對隨時都在宿舍外等候的狗仔，向天心也只好作罷。

江俊辰總是安慰她：「至少我們還能偶爾視訊。想見面的時候，我會到河堤等妳。」

夜晚的河堤，是他們的唯一選項。

不知道為什麼，那裡就是一個人也沒有。

就好像是刻意為他們保留下來的一樣，向天心覺得很好，至少不必煩惱沒有一處可以見到他。

江俊辰也會在LUNA每次的直播中，在留言區裡留下鼓勵的話，偶爾也會替向天心教訓一些不分青紅皂白惡意抹黑她的人，就和她過去所做的一樣。

行程銜接行程之中的休息時間，向天心就會戴上耳機，聽著江俊辰上傳到網路上自彈自唱的影片。

在她奮力閃耀的同時，江俊辰也同樣開始發光了。

在某一次訪談中，主持人問到向天心喜歡的類型。她笑著回應道，她喜歡唱歌好聽，勇於做自己，為了夢想奮鬥的人。

她的腦袋裡浮現的是江俊辰，儘管身邊的人都一致認為，她口中的那個人是李玉祥。

就這樣勤奮努力地走過行程滿檔的春、揮汗熱血的夏，除了和江俊辰之間越來越深的感情以外，她也沒有忘記替原本的向天心打點好周圍的一切。

那日和李玉祥在餐酒館一別，向天心便鮮少見到他了，加上 Luna 和 Dream High 都是人氣團體，行程滿檔之外就連出入宿舍都有諸多限制。雖然向天心感覺也許是因為見到那日江俊辰護著自己離開，李玉祥心裡多少有些不是滋味，也不知道是不是因為那日經紀人也在場，做了及時的處理，那晚的事情才沒有鬧大；不過多少還是有些關於李玉祥在餐酒館裡打架鬧事的流言蜚語在網路上流傳，只是面對這種無憑無據的流言，風波也是很快就過了。

在 Dream High 終於完成了夏日的暑期巡演回國後，向天心終於鼓起勇氣給他發了一封邀約見面的簡訊。霸占向天心生活的這段期間，她知道自己不能就這樣無視原本的向天心和李玉祥之間的感情。

穿著李玉祥送她的那件紫色運動服，佇立於那座無人的公園裡等候，很快，便看見穿了一套全黑休閒服的李玉祥小跑著朝她的方向走來。

見到她的打扮，李玉祥似乎很驚喜：「嘿，好久不見。」

「好久不見，你們這三個月全球巡演造成了很大的轟動喔！」向天心對他漾起一抹燦爛的笑。

「唷，我還以為妳都忙著和江俊辰那個小子玩呢，沒想到還有在關注妳的師兄。」這一次李玉祥的語氣裡帶著笑，似乎沒了過去的濃濃敵意。

向天心緩緩走到李玉祥跟前，在距離他不到五十公尺的地方停下，「李玉祥，謝謝你。」

語畢。她用力敞開雙臂，緊緊摟住他的肩，這是她唯一能替原本的向天心做的。

「還有……對不起。」

靠在李玉祥肩上，聽著他急促的心跳，誠懇地說：「請你再給我一點時間……總有一天，我也會走向你，就像你……總是毫不猶豫地走向我一樣。」

對不起，這段時間讓你傷心了，雖然我並不是你的向天心，但我知道想要和你走到一起，她還是有所顧慮，不過你大可放心……你確實是她想要努力發光的其中一個原因。

最後這段話，向天心沒有說出口，只是緩緩將懷裡的平板電腦交給李玉祥，那裡頭畫了無數張他站在舞臺上揮汗演出的模樣，在那些藏著滿滿心意的畫作中，她相信其中一定會有李玉祥想要的答案。

「喂！向天心。」

才剛轉身，向天心就聽見李玉祥的呼喚，疑惑地回過頭，卻見對方眼角帶笑地站在原地：「妳總有一天會回來的，對吧？」

不明白李玉祥話裡的意思，向天心一聳肩，仍然笑著點了點頭。

「那……我會等妳回來……到時候我再把它還給妳。」舉起平板在空中揮了幾下，李玉祥帥氣地轉身，「再見了，向天心。」

撂下這句話，便頭也不回地消失在公園盡頭。

「嗯，再見。」目送李玉祥離去的背影，向天心默默在心裡回應道，她把這次見面，當作自己和李玉祥的告別，畢竟距離九月十九號到來的那一天，已經越來越近了。

和江俊辰約好在九月十九號的晚上，兩人要重新演繹一次當天的情景。

花了一點時間將周圍的一切通通整頓完畢，忍著淚在宿舍裡和團員們一一道別時，大家都以為她只是要短暫回一趟老家，隔天就會回來；只有向天心心裡清楚，如果今天晚上真能成功回到自己原本生活的地方，那麼她和程若青，以及Luna裡一起活動了半年的團員們有很大的可能是不會再見面了。

「向天心，二十四歲生日快樂！等妳回來我們再幫妳慶生！」

「天心姊！記得帶好吃的蛋糕回來！」

「喂！哪有讓壽星自己帶蛋糕的道理？」

在程若青、余美娜和崔雪的交談聲中，向天心緩緩帶上了宿舍的房門，這裡的一切，都將要原封不動地還給主人了。

雖然不想承認，但不得不說心裡多少還是有點捨不得。

前往租屋處前，向天心決定先去一個地方。

當「Ｂ６１２」的招牌映入眼簾，心裡頓時漾起一種說不出的緊張。

「歡迎光……天啊……是……是妳！」見到她時，鄭芮允似乎很驚訝。衝著那個雖然不再是她熟悉的朋友，卻依然叫她想念的女孩露出一抹大大的微笑，向天心緩緩走向前給了她一個大大的擁抱。

「如果妳以後見到我……也能像現在這樣歡迎我嗎？就像朋友一樣。」

「啊……我……妳的……朋友……嗎？」鄭芮允一時間似乎有些反應不過來，結結巴巴地說不出一段完整的句子。

「嗯，朋友。」鬆開抱著鄭芮允的手，向天心認真地望著她的眼睛：「跑行程累了，或是想要找個人聊天的時候，我想我會想進來妳店裡坐坐，那時候……就像個朋友一樣，陪陪我吧。」她說。

走出「B612」，向天心還帶了一塊鄭芮允特製的巧克力蛋糕。

帶著兩罐冰啤酒回到租屋處，時間已是傍晚七點二十七分，一切似乎都和那個晚上一樣。

用力做了一個深呼吸的動作，在房間裡自在地轉了一圈。

牆上的練習生月曆、書桌上Dream High的專輯還有李玉祥的個人獨照，那些不屬於她的，她已經通通悉心清理了一遍，整間房間現在一塵不染的。

緩緩在書桌前坐下，打開筆記型電腦等待江俊辰打來電話，今天是他們的二十四歲生日，就和去年一樣，他們約好了隔著螢幕一起過。

「向天心，生日快樂。」

這是江俊辰見到她的第一句話。

現在的江俊辰不再用對粉絲說話的語氣待她，彎起嘴角笑著望向她時，眼神裡還多了幾分肉眼可見的寵溺。

「今年生日要許什麼願望，妳想好了嗎？」

「嗯，當然想好啦，你不是早就知道了嗎？」

「我只知道妳的第三個願望，前兩個妳又沒有告訴我。」江俊辰噘起嘴故作不滿地說。

對著江俊辰露出一抹燦爛的笑，「願望什麼的，我們先暫時放在一邊……」向天心緩緩舉起手機舉到鏡頭前：「如果這次……我們真的順利回到了原本的世界，我要你記得這個……」

「這個是……我嗎……？」江俊辰詫異地眨了眨眼。

手機螢幕中，是向天心這陣子非常努力攢下的作品集，畫的是江俊辰在駐唱舞臺上還有便利超商裡賣力工作的模樣。在向天心的畫裡，不管在何處，江俊辰都在發光。

「回到原本的世界以後，我不會只當一個單方面仰望著你的人。雖然可能會需要耗上一點時間，但是我也會像你一樣，在我喜歡的領域裡閃閃發亮，我會……指引你，找到我。」向天心淡淡地說。

將目光從向天心舉起的手機螢幕上移開，江俊辰再一次懇切地望向她。

「不管怎麼樣……我都一定會找到妳，然後再一次走到妳面前，告訴妳在我眼中，妳也是無比耀眼的存在。」他說。

舉著各自準備好的蛋糕，兩人同時點亮了蠟燭。

「你……準備好了嗎？」

緩緩合上手掌，向天心吶吶地問。

「嗯。」堅定地點了點頭，江俊辰慢慢說出了他的第一個願望：「我希望，即使回到原本的世界，我也能……在人群裡……一眼找到向天心。」

聞言，向天心難掩欣喜地豎起大拇指，緩緩道出她的第一個願望：「那麼我希望……即使回到原本的世界，江俊辰身邊也會有真心愛著他的人。」

「那個人會是妳，對吧？」見到江俊辰著急打斷的模樣，向天心又一次仰起頭來開心地笑了。

「那我就相信那個人會是妳啦！」

勾了勾嘴角，再次認真合起手掌，江俊辰許下第二個願望：「我希望向天心可以更相信自己……相信自己一直以來都是非常特別的存在。」

「那我希望……」向天心頓了頓，才接著說：「江俊辰可以繼續開心地在舞臺上發光。不管別人怎麼說，都要記得有很多人，是真心喜歡他的歌、喜歡他的表演……」

雖說是生日願望，但兩人心裡都很清楚，裡頭還夾帶著他們真心想對彼此說的話。

最重要的第三個願望，他們默契地閉上雙眼，誰也沒有再說任何一句。

在心底默默許下心願，向天心最後一次，用眼神和鏡頭另一端的江俊辰告別，帶著既期待又害怕的情緒，兩人同時吹滅了眼前的蠟燭。

租屋處的燈光再次急促地閃爍了幾下，左右張望了一陣，向天心有股預感，這一次，真的要開始改變了。

電腦螢幕中，江俊辰的畫面開始閃爍，在徹底斷訊前，向天心又對他說了一次：「再見。」

她堅信，他們一定會再見。

等到租屋處的燈光再次恢復原狀，向天心毫不猶豫地闔上了沒有訊號的電腦，堅定地走向床。周圍的一切，依舊如常，可是她知道，第三個願望已經奏效，守著這份靜默，她感覺自己的眼皮越來越重。

在完全失去意識之前，目光再次掃到了那個高高懸掛在牆上的時鐘，上頭的時間準確顯示著——九點十九分。

最終章　終於起點

「向天心，妳怎麼又在發呆！」

「啊！有嗎？」坐在「耀眼如你」視野最好的位子，向天心緩緩回過頭去，發現鄭芮允不知道什麼時候端了一杯熱拿鐵坐在自己面前。

「好不容易才覺得妳終於恢復原本的樣子，結果妳卻染上愛發呆這樣的壞習慣。」鄭芮允一面啜飲著手邊的飲料，一面自顧自地說：「妳知不知道剛過完二十三歲生日的那段時間，妳就像變了個人，居然還問我為什麼妳的房間裡會出現一堆江俊辰的海報，還有什麼SOLO是誰？李玉祥呢？然後妳還在面試當天吵著要去參加選秀，完全不知道妳是中了什麼邪。」

這些話，向天心已經聽鄭芮允說了不下數百次。

自從回來以後，鄭芮允總是拉著她不斷說著過去這一年的事，那些與她看似有關，實則毫無關聯的事。

走在那條熟悉的街道上，附近的藥妝店正在播放剛出道三個月的女團LUNA的新歌。

「程若青果然還是程若青。」即使自己不再是團隊裡的成員，但只要是與LUNA有關的事，舉凡發行新專輯、演出，向天心就會特別上心；雖然那裡，已不再有一個為她保留的位子。

那晚過後，除了鄭芮允口中愛發呆的壞習慣，向天心還時常在一整天結束後，獨自跑到空無一人的河堤聽著SOLO的歌。

距離那一夜，又過了將近半年的時間。

向天心本以為回到原本的世界後，很快就能與江俊辰再一次見面，就和他們過去那年一樣。

只是她終究忘了，他們的距離有多麼遙遠。

那天從租屋處裡睜開眼睛，當熟悉的一切映入眼簾，向天心簡直無法用言語形容自己有多激動，可當她打開手機想要告訴江俊辰他們終於成功了，卻發現，自己似乎已經沒有理由這樣做了。

現在的她已不再是LUNA的向天心，而江俊辰也恢復了人氣偶像的身分，現在她唯一能確認江俊辰過得好不好的方式，也只剩SOLO的粉絲專頁和活動現場。

雖說又一次回到了粉絲與偶像間遙不可及的距離……但在這段時間裡，向天心還是明白了一些事情。

例如，那個總讓她感到好奇，不知道對方在自己的世界裡做了些什麼的向天心，在她的租屋處內，留下了大大小小的線索。

而那個女孩也依然保持著每天寫日記的習慣。

關於她們錯位到彼此的世界裡生活了一年，也在對方遺留下來的日記本內得到解答。

那個世界的向天心給自己留下了這樣一段訊息：

嗨，妳好：

也許……我應該要叫妳向天心，我還搞不清楚妳究竟是不是另外一個我，還是我們其實就是兩個各自獨立的個體。

總之，這一切都很離奇。

我花了許久才終於接受了這裡並不是我原本生活世界的事實，也時常對於妳的去向感到好奇。

如果我猜得沒錯，妳應該也和我一樣到了別的世界，也許取代了我，雖然我不明白是不是我和江俊辰在二十三歲生日當天許下的願望所致。

來到這裡後，我發現自己不再是練習生了……

老實說一開始我確實鬆了口氣，因為選秀在即，我卻舊傷復發，我很清楚自己絕對沒有辦法撐完那樣高強度的選秀。在我二十三歲生日那天，江俊辰給我打了電話，他告訴我他還是不想放棄唱歌，我哭著告訴他，我也不想要放棄這一次的出道機會，但我實在太累了……好想要……暫時休息一下。

所以……我們便許了願望，每年生日的三個願望，我總是特別珍惜。江俊辰的第三個願望是，「希望自己可以再次得到一個，可以放手做音樂的機會。」

而我則是許下，「希望可以暫時喘一口氣，思考一下自己是不是真的想成為偶像。」

結果隔天起來……就發現自己來到了妳的世界。

當個平凡普通的大學畢業生，是我這輩子從來沒有想過的事，也許也是沒有機會思考過的事，畢竟我從小就開始當童星了，期間也沒有時間探索另外一種可能。

說實話，我從來沒想過江俊辰在妳的世界裡，竟是人氣男團裡的主唱。他的夢想實現了，我們大學生和偶像的身分也因此反了過來。這段時間裡我見過他幾次，可畢竟我不再是綺星娛樂的藝人，要想見到出道偶像，還是有難度的，而且以別人的身分在偶像團體裡活著，江俊辰也過得戰戰兢兢。

所以他唯一留給我的聯絡方式，也只剩他的手機號碼。我思考了一下，還是決定把號碼留在聯絡人資訊裡，我知道妳不會做出逾矩的事，畢竟偶像和粉絲之間互不打擾才是最好的支持。

喔對了！我發現妳有在經營追星粉專，妳不在的期間我又替妳放了一些東西上去，都是妳電腦裡的存稿，有些還滿有趣的，不知道是沒自信還是沒來得及發，總之，希望妳的作品可以被更多人看見。

還有一件事我必須跟妳道歉。

綺星娛樂的面試當天，我沒有到場。因為那天對我來說實在太過混亂，甚至沒搞清楚自己是否應該代妳去參加那場面試……

如果害妳因此錯過了大好機會，想和妳致上我最大的歉意。

By也許是平行時空裡的，另外一個向天心

那本日記，向天心反覆翻看了幾次，翻到最後那段對方留給自己的留言時，依舊覺得不可思議。

本以為是她和江俊辰的願望讓一切產生錯置，沒想到竟是在兩個世界的交互作用產生的結局。

那個向天心代她經營的粉絲專頁，在短短一年內增加了兩萬名粉絲。

只是她卻打算暫時讓那個帳號擱置了，因為現在的她有了另外想做的事。

這段時間裡，她確實也沒有撥通那串擱置在手機裡的號碼。

因為她答應過江俊辰，她也會努力發光，然後讓他也同樣能在人群中找到她。

不過——要說這幾個月來自己從來不曾抱有期待是騙人的，向天心無時無刻期盼著，也許江俊辰也能發現她的聯絡方式後主動聯絡她。

只是眼看回歸原本的生活已過了好幾個月的時間，向天心依舊沒有收到江俊辰傳來的任何一點消息，只能透過新聞、官網發布的消息得知他過得好不好。

過去那一年的時間裡，很多人都說江俊辰的表演風格變了許多，就連個性也和過往大相逕庭，網路上出現了非常多荒唐的猜測，諸如：公司改變人設、江俊辰身上出現了某些變故，甚至還有網友把江俊辰父親過世的消息翻出來審視。

當然，外表長得一模一樣的人，即使網友猜測得再煞有其事，也終究敵不過江俊辰依舊還是江俊辰的事實。

雖然向天心很清楚，他們是完全不同的兩個人。

不過就像那個向天心在日記上所說的，這一切都太過離奇，即使把真相開誠布公地公開到眾人眼前，想必也不會有人相信。

所以……向天心便做了個決定。

既然在自己身上真實發生過那麼光怪陸離的事，不如就將之轉變為靈感。

跨越時空的偶像和粉絲互換時空的故事，不管怎麼看，都擁有十足的話題性。

「欸妳在網路上連載的那部漫畫……叫什麼《成為星星以後》。我的天！未免也太好看了吧！這麼酷的劇情妳是怎麼想到的啊？」在「耀眼如你」，鄭芮允捧著手機激動地說：「這個這個！這個綁馬尾的角色應該是在畫我吧！鼻子上的痣跟我長在同一個位置欸！」

「哈哈哈被妳發現了，怎麼樣！我夠朋友吧！在我的漫畫裡妳是一間連鎖居酒屋的老闆喔！」

「哇！我看要趕快先來巴結妳一下了。」鄭芮允說著，興奮地舉起手機立馬和向天心來了一個臉貼臉的親密自拍。

「對了！」緩緩放下手機，鄭芮允快速切換成迷妹模式：「妳知道SOLO下個月就要回歸了嗎！好期待這次的新歌喔！感覺江俊辰最近的風格又變回以前的樣子了，雖然前陣子他做了一些嘗試我覺得還不錯啦，但是說實話，我還是更喜歡以前的他！」

「是嗎？」默默輕啜了一口面前的飲料，向天心淡淡地說。

好像總是這樣，自從回到原本的世界後，聽到鄭芮允提起和SOLO有關的事，向天心都會沒來由地感到心情低落，那些曾經溶解於兩人之間的隔閡，就像層層疊起的石磚，在他們之間又一次築起一堵高牆。

有時候向天心甚至會懷念起那段還能在轉角的便利商店、夜晚的河堤見到江俊辰的時光。

「我姊說，妳的頻道訂閱人數在短短三個月的時間就飆升了五萬多人！之前我送餐的時候，還看到好幾桌的大學生都在看妳畫的漫畫，我的天啊！妳感覺就快成為傑出校友了！」自從向天心開始在網路上連載漫畫、經營影音平臺後，鄭芮允看到她時總是很興奮地問東問西。

「對了，說到這個，上週有個週刊的記者聯絡我，希望可以採訪一下關於《成為星星以後》的創作過程，可以約在妳店裡嗎？」

「天啊！那有什麼問題！妳知道嗎向天心，我最近真的是越來越崇拜妳了！只是……自從妳開始經營網漫事業後，追星帳號就沒有再更新了。SOLO最近在海外巡演，所有站姊都卯起來發文，從去年開始我就有感覺……妳是不是沒那麼喜歡他們了啊？」

「有嗎？」向天心不知道原來在鄭芮允眼裡，自己看起來就像個脫了籍的粉絲，可她其實就只是很心急罷了，作品逐漸開始被大家關注之後，她才發現……江俊辰的光芒終究太過耀眼。

即使答應過江俊辰會努力以除了粉絲以外的其他身分站在他面前，但每每看著空蕩蕩的訊息通知，對於他們的關係，向天心一天比一天還要更加沒有信心。

接連敲定了幾個合作邀約，在某個安逸的午後，向天心接到了一通讓她心跳加速的電話。

「喂！您好，請問是《成為星星以後》的作者向天心嗎？」

「是，我是，請問您是？」

「我是綺星娛樂節目部的執行製作人。是這樣的，我們在進行電影劇本的開發，最近在官網上舉行劇本徵稿，但徵稿期間也會和一些感興趣的作者邀稿，想請問您有沒有興趣將您的大作投稿到我們公司，今年會選出三部作品跟影視公司合作翻拍成電影上映，當然出演的演員都會是我們綺星的藝人。」

「啊？我……我嗎？」老實說，當下向天心有些受寵若驚。

「對！我們對您的作品很感興趣，公司裡也有藝人偷偷和我們透露過很喜歡您的作品，加上題材又剛好是在討論偶像和粉絲的距離，內容非常有趣。」

「公司的藝人？」

他說的……會是江俊辰嗎？

向天心不敢開口詢問，只是禮貌地和對方說，自己會再好好考慮。

即使依舊沒有任何有關江俊辰的線索，向天心還是決定把握機會嘗試一次。

得知這個消息後，鄭芮允笑稱向天心和綺星的緣分真是剪不斷理還亂，

「我看妳是註定會進到綺星娛樂工作的，真羨慕妳欸！現在不只是個漫畫家甚至還要晉身成為電影編劇啦。」

「沒有啦，人家製作人也說了還要經過公司內部的篩選，有才能的人這麼多，搞不好我根本不會被選上。」

「怎麼可能？人家都專程打電話給妳了，當大家都吃飽太閒？啊結果什麼時候會公布結果？」

「嗯，八月二十號凌晨十二點會公布在官網上。」

「八月二十？那不就是 SOLO 結束海外巡迴的隔一天嗎？」

「嗯，就是這麼剛好。」

雖說心裡多少會抱有期待，但向天心實在不敢把事情想得太過美好，其實回到原本的世界至今也過了近一年的時間，她從原本信心滿滿地堅信自己和江俊辰一定可以再次拉近距離，到現在覺得……一切似乎並沒有自己想得那麼容易。

江俊辰再一次變回了夜空中最耀眼的那一顆星。透過電腦螢幕，在馬尼拉的巡迴舞臺上，SOLO 結束了最後一場表演。江俊辰舉著麥克風，站在舞臺燈下和臺上高舉螢光棒的粉絲們激動地說：「謝謝你們！我真的一直一直都很愛你們！」

將那個畫面擷取下來，向天心一筆一畫描繪了他佇立於舞臺上閃閃發光的模樣。

點開了許久沒有更新的追星粉專，向天心將圖檔上傳後，緩緩打下一行備註。

「送給每個追星女孩，即使不被理解，
我們也始終無怨無悔的，守護著心中那顆最閃耀的星。」

按下輸入鍵，訊息欄位上立刻湧入數百則訊息，沒有一一點開，她緩緩闔上筆電，邁開步伐移動至床邊。床頭櫃上的手機螢幕亮起，她失神地望著手機背景上那張好看的笑臉發呆。

「再半個小時就要公布結果了！先跟妳說聲恭喜！」

隨手傳了一張貼圖給鄭芮允，向天心失神地爬上床，腦袋裡跑過的都是江俊辰的身影。

躺在床上愣愣地望著天花板發呆。

夢醒了，一切都該回歸現實，可是她心裡明白，如今的她早已不是過去的向天心了。

耳畔傳來 SOLO 前陣子推出的主打歌，那是向天心的手機鈴聲。

胡亂伸手在床頭櫃上游移了一陣，將手機慵懶地舉至眼前時，來電人姓名卻讓向天心委屈的情緒揚至最高點，可憐兮兮地滑開接聽滑軌，她語帶哽咽地應了一聲：「喂。」

「喂，向天心！妳現在就給我去開電腦！」來電人高昂的情緒，讓原本就高亢的嗓音一時間又尖銳了幾分。

「為什麼要開電腦？我才剛發完一篇文章，現在準備要睡覺了。」向天心不想照做，翻個身側躺著，將手機平貼在右耳上，開始摳起指甲上的分岔。

「妳錄取了！」女聲幾乎是用炸的從手機的擴音孔裡噴發，震得向天心一陣頭昏眼花。

向天心眼角泛淚，著急走下床，而電話一頭的鄭芮允早已哭得泣不成聲。

「我晚點再打給妳！」向天心哽咽地打開電腦激動地說。

「好……妳先確認一下，我們……嗚嗚……明天再聊。」

哭哭啼啼地掛上電話，租屋處瞬間只剩下向天心飛快的心跳。

綺星娛樂的官網頁面上，她的名字被高高掛在最上頭。

手機再次跳出一則通知，本以為是鄭芮允傳來的訊息。

沒想到卻是江俊辰的直播通知。

現在這個時間，他們應該已經結束演出了。

顫抖地點按開來，當那張熟悉的俊朗臉龐映入眼簾之際，向天心又一次沒忍住落下淚來。

她成功了，可是……他看得見嗎？

委屈抹去眼角的淚，將手機立在電腦桌前，向天心沒有注意到自己現在用來收看直播的帳號，還停留在發布追星插畫的那一支。

「哈囉！大家好久不見，我們剛結束了巡演，現在在機場附近的飯店。」江俊辰緩緩開口，對著鏡頭前的粉絲們打招呼，「大家是不是很好奇今天為什麼這麼突然開直播？」

「因為想我們了？」

「要跟我們分享巡演的糗事？」

「又寫了新歌？」

訊息欄飛快地閃過數百則訊息，而向天心只是默默望著那張想念的臉譜發呆。

「哈哈哈，都不是！」江俊辰淺淺地笑了，而後，舉起手邊的平板電腦：「大家知道我最近迷上了什麼嗎？」

「寫歌？」

「追劇嗎？」

「還是教白宇煮菜？」

「沒有，關於煮菜，白宇哥應該是沒救了。」笑了笑，江俊辰接著說：「我最想放鬆的時候就會看網路漫畫，不曉得大家知不知道最近有一部網漫叫《成為星星以後》。」

聞言，向天心的心跳無預警地漏了好幾拍。因為懷疑是自己聽錯，她顫抖地將手機音量又調大了一些。

「我還跟節目部的工作人員說，如果這部作品要拍成電影的話，我很有興趣。最近因為SOLO在進行海外巡迴，粉絲們都會拍很多好看的照片標註我們，然後就在剛剛我發現……」江俊辰說著，緩緩將平板電腦舉至鏡頭前。

看到畫面中出現了自己不久前剛發布的貼文時，向天心用力地倒抽了一口氣，眼眶裡積聚的淚水再也控制不住地簌簌湧出。

「這個追星粉專的作者，畫風跟我喜歡的那個漫畫作者很像！讓我覺得很激動！所以……這是一個尋人啟事的直播！我實在太好奇，他們是不是同一個人了。」

見到江俊辰興奮的模樣，留言區的粉絲們也紛紛開始起鬨。

「我也很喜歡《成為星星以後》！這個畫風真的像！」

「天啊！這樣辰哥跟《成為星星以後》的作者是雙向奔赴嗎？也太浪漫了吧！」

「辰哥聊到喜歡的漫畫馬上切換成迷弟模式欸！好可愛哈哈哈！」

「我剛剛有看到這個帳號進入直播欸！大家一起來標註那個粉專的作者替俊辰圓夢吧！」

而後，留言區便湧進了大批標記向天心的留言，看著螢幕上不斷跳出來的通知，向天心簡直不敢相信眼前正在上演的一切。

就在她不知所措地看著不斷跳出的留言時，手機卻又無預警地震動了一下，通知欄裡顯示了一行讓她心跳加速的文字。

「江俊辰邀請你加入直播。」

這一切都發生得太過迅速。

快速到向天心根本沒有時間準備。

激動地站起身，在房間裡焦急的踱步。

顫抖地整理好披散在肩上的亂髮，大口做了幾次深呼吸的動作，最終向天心心跳加速地鼓起勇氣點按了「加入」的選項。

她從來沒有想過……這樣的事情有一天會在自己身上發生。
直播畫面很快地切換。
然後……她終於看見了那對自己朝思暮念的雙眼也正在望著她。
眼神交接的瞬間，向天心感覺到了江俊辰眼中一閃而過的想念。
好看的嘴角微微抽搐了幾下，可愛梨渦又一次深深陷於嘴角。
他的眼角有些溼潤了，所以微微別過頭去不想讓眼尖的粉絲發現。

「哇！作者也太美了吧！」
「辰哥是感動到哭了嗎！」
「這真的是《成為星星以後》的作者嗎？本人好漂亮！」

無視留言區不斷湧出的評論，江俊辰定了定神，緩緩開口說道：「嗨……不好意思突然邀妳進來，因為妳的插畫畫風跟我喜歡的漫畫作者很像，所以想請問妳……是不是《成為星星以後》的作者向天心？」
聽了江俊辰略顯顫抖的疑問，向天心局促不安地挪了挪身子：「對……沒錯我……我是……」她說。
「天啊！很高興妳願意來到我的直播！我是妳的忠實粉絲！非常喜歡妳的作品！」江俊辰的眼神裡裝填進滿滿的寵溺，就連語氣也溫柔得教向天心感到想哭。

那一瞬，向天心明白，他似乎一直都在等待這一刻，可以用這樣的方式，把她介紹給他的粉絲的那一刻。

鼓起勇氣，對著鏡頭露出一抹燦爛的笑：「聽到你這麼說我覺得很榮幸，很高興可以見到你！我也是SOLO的忠實粉絲！」

聞言，江俊辰微微仰起頭來，發出了那日他們一起並肩待在遊樂園長椅上的開朗笑聲。

待他終於止住笑，才終於緩緩輕啟脣瓣緩緩地說道。

「我一直很想見妳，妳的作品在這段時間裡……給了我很大的力量。」

——全文完

後記

感謝看完這本書的大家。本來沒有打算寫後記的，但想起自己過去看完一本書的時候，總是很期待有後記或番外，就像偶像劇的花絮一樣，後記對我來說就是徹底結束一個故事前在心裡縈繞的飯後甜點（？），所以我開了一包剛從越南買回來的芒果乾，在冷冷的冬天再次打開合上的筆電（這麼說有讓大家覺得我是個認真的作者嗎哈哈哈～）。

首先，謝謝尖端出版社讓這個故事可以被看見，也很謝謝玉霈編輯在出版過程中給了我許多建議及鼓勵。說實話，我不是個很認真的追星族哈哈哈，但我確實一直都很喜歡音樂，也很喜歡追劇、看選秀節目，在寫這本書的時候我也真的很著迷某個韓團，甚至為了看懂一些還沒翻譯的片段去學了韓文，當然又是一個半吊子的學法，不過至少去年春天去首爾的時候有派上一點用場。

小時候看電視，都會默默在心裡覺得那些大哥哥、大姊姊為什麼長這麼好看！好想認識他們！好希望他們知道有人這麼喜歡他們！也許是因為內心這股隨時準備爆發的追星之力，才讓我抱著滿腔熱血提筆寫下這個故事。

偷偷跟大家說，其實我曾經有想過要當一個演員。讀大學的時候有一段時間很常到處試鏡，也演過一些小小的舞臺劇（只是後來因為疫情，公演被取消了）。那段時間我也意識到，啊！這確實不是件容易的事，不過失落歸失落，我好像也沒堅持多久就放棄了這個目標。對我來說，寫小說同樣是件很有魅力的事，只要打開電腦我就可以擁有自己的演員，我可以編排所有的劇情，也可以為他們刪改結局，後來徹底上癮後，也就不再到處試鏡了。

可能也是過去那段經歷，我更可以理解向天心的心情。我認識的追星女孩、男孩大多數都擁有一顆單純善良的心，各位！願意站在臺下為別人鼓掌的人是很珍貴難得的啊，可能我從小就愛現～國小開始就很常去參加各式各樣的演講比賽、歌唱比賽、國語說書，每次結束的時候聽到臺下傳來的掌聲，以及那一雙雙賣力鼓掌的雙手我就會覺得很感動，我的家人大部分都是木訥害羞的，但我看過他們因為我在臺上表演時變得明亮的雙眼，以及謝幕時拍紅的手掌，所以我很清楚臺下有支持著自己的人是什麼樣的感覺（江俊辰一直以來都是抱持著這個心態在愛他的粉絲的！）。

雖說是被萬人擁護的偶像，但江俊辰在這個故事裡，站在舞臺上的時間其實沒有很多，有陽光的地方就會有陰影。他在這裡的時間大部分都是站在陰影處的，可陰影其實也沒有不好，畢竟在陽光下走久了也會有需要乘涼休息的時候，他正好就是處在一個身心都需要休息的階段，他的工作卻總是逼著他要陽光、要正向。

偶像也是人，但他們的職業總是讓所有情緒因鏡頭、剪輯而被放大，想喘口氣變回普通人的想法便逐漸淹沒了他對這份工作的熱情。其實也不是只有偶像，我覺得只要是人都會有需要暫時躲進陰影處，或是想成為別人的時候。在這個故事裡除了一些我自己在追星或是過往的人生體驗外，也加入了許多我一直以來都很喜歡的元素（哼~我已經學乖了，是不會在後記暴雷的）。畢竟我以前也有過故事看一半，先跑來看後記結果被作者暴雷難過到不行的經驗。知道皮蛋不會只有我一個，所以現在自己寫後記都會盡量避免談到主線劇情，加上很難得可以用作者的第一人稱說話，所以想知道角色發生什麼事的，請乖乖去看主線故事呦！後記是我放飛自我的時間~

今天是２０２３年的12月24日，拖了一年多才來寫後記的我，吃完一包芒果乾才發現已經是晚餐時間，江俊辰和向天心過了一年也依然安好，謝謝大家願意看完他們的故事。寒流來襲記得保暖，若你是在大熱天看到這裡，那我想你應該不會想知道我剛剛喝完一杯超大杯熱薑茶，穿著大衣正準備出門吃火鍋。本來想說這本是寫追星族跟偶像的故事，後記應該要有點偶包，但後來想想還是讓這個故事可可愛愛地謝幕吧！畢竟在我心中～這是個很可愛的故事！

我相信看到這裡的也都是很可愛的人，哈哈哈哈哈！

——烏瞳貓　2023・12・24

耀眼的你，也能看見我嗎？

作　　者／烏瞳貓
執 行 長／陳君平
榮譽發行人／黃鎮隆
協　　理／洪琇菁
執行編輯／丁玉霈
美術監製／沙雲佩
美術編輯／陳姿學
國際版權／黃令歡、高子甯、賴瑜妗
文字校對／朱瑩倫、施亞蒨
內文排版／謝青秀

國家圖書館出版品預行編目資料

耀眼的你，也能看見我嗎？/ 烏瞳貓作 . -- 一版 . -- 臺北市：城邦文化事業股份有限公司尖端出版：英屬蓋曼群島商家庭傳媒股份有限公司城邦分公司尖端出版發行，2024.03
面；　公分

ISBN 978-626-377-647-0（平裝）

863.57　　113000044

出版／城邦文化事業股份有限公司　尖端出版
臺北市南港區昆陽街 16 號 8 樓
電話：（02）2500-7600　傳真：（02）2500-2683
讀者服務信箱：7novels@mail2.spp.com.tw
發行／英屬蓋曼群島商家庭傳媒股份有限公司城邦分公司　尖端出版
臺北市南港區昆陽街 16 號 8 樓
電話：（02）2500-7600　傳真：（02）2500-1979
劃撥專線：（03）312-4212
戶名：英屬蓋曼群島商家庭傳媒（股）公司城邦分公司
劃撥帳號：50003021
※ 劃撥金額未滿 500 元，請加付掛號郵資 50 元
法律顧問／王子文律師　元禾法律事務所　台北市羅斯福路三段 37 號 15 樓

台灣地區總經銷／中彰投以北（含宜花東）　楨彥有限公司
電話：（02）8919-3369　　傳真：（02）8914-5524
雲嘉以南　威信圖書有限公司
（嘉義公司）電話：（05）233-3852　　傳真：（05）233-3863
（高雄公司）電話：（07）373-0079　　傳真：（07）373-0087
馬新地區總經銷／城邦（馬新）出版集團 Cite（M）Sdn Bhd
電話：603-9057-8822　　傳真：603-9057-6622
E-mail：cite@cite.com.my
香港地區總經銷／城邦（香港）出版集團 Cite（H.K.）Publishing Group Limited
電話：852-2508-6231　　傳真：852-2578-9337
E-mail：hkcite@biznetvigator.com

版　次／2024 年 3 月 1 版 1 刷